꿈에 대하여

꿈에 대하여
夢について

요시모토 바나나
김난주 옮김

민음사

차례

예지몽의 비밀

새해 첫날, 어떤 꿈을 꾸셨나요?

저는 참 이상한 꿈을 꾸었어요.

대학 시절 친구 N의 집에 놀러 갔더니 그녀가 갑자기 제게 다가와 몸을 들이대는 거예요. "이러지 마. 난 그럴 생각……" 하면서 당연히 거부했죠. 그런데도 N은 뭐라고 막 말을 늘어놓으면서 더 바짝 몸을 들이댔어요.

잠에서 깨어 저는 '무슨 꿈이 이래.' 하고 생각했습니다.

N과의 관계를 간단히 설명드리죠. 그렇게 친하지는 않아도 친구이고, 서로에게 호감을 갖고 있습니다. 어울려

노는 그룹이 같아서 식사 정도는 같이 했지만 단둘이 깊은 대화를 나눈 적은 없습니다. 졸업한 후에도 일 년에 한 번은 꼭 만나게 됩니다. 하지만 다른 친구들과 함께 서로의 근황을 얘기하고 집이 같은 방향이어서 함께 돌아가는 정도이지 특별한 친분은 없습니다. 굳이 말하자면 지난 연말 지인의 홈 파티에 그 며칠 전 세일에서 산 재킷을 입고 갔는데 그 친구도 같은 재킷을 입고 있어서 놀란 정도. 그리고 생일이 이틀밖에 차이 나지 않아서 성격이 비슷하게 느껴질 때가 있는 정도……

그래서 꿈의 의미를 잠시 생각해 보았습니다.

1. 올해 레즈비언이 된다.

2. 생일이 머지않았으니 나르시시즘적 경고.

3. N이 나를 사랑하고 있다.

4. 사실은 내가 N을 사랑하고 있으며, 육체관계를 원한다.

5. 전생에 부부였다.

6. N이 내게 하고 싶은 말이 있다.

꿈에 대하여

7. 내가 N에게 하고 싶은 말이 있다.

8. 같은 재킷을 입고 있어서 실은 충격을 받았다.

9. 내가 더 싸게 샀기 때문에 그녀가 속상하다.

10. N은 무언가의 심리학적 상징.

등등 얼마든지 생각할 수 있죠. 심리 테스트, 뉴에이지, 점 외에도 갖가지. 인간의 마음에 관한 책의 소재는 끝이 없습니다.

아무튼 결말이 있습니다.

며칠이 지나 N에게서 전화가 걸려 왔어요.

그녀가 제게 전화를 거는 것은 상당히 특수한 일입니다. 개인적으로 연락한 게 무려 칠 년 만이니까요. 당시 그녀는 어떤 사람을 열렬하게 좋아하고 있었어요. N은 늘 주위에 친구가 여럿 있었으니 제게까지 연락했다는 건 고민이 어지간하다는 뜻이죠.

그녀는 아주 착실한 사람이라 남자 친구를 쉬 바꾸지 않습니다. 그리고 누가 봐도 사랑에 빠졌다는 걸 알 수 있죠. 밤에도 잠을 못 자고, 속탈이 나고, 아무것도 먹지 못하는 등 '기쁨과 슬픔이 공존하는 흥분 상태'가 계속되기 때문입니다. 저는 그녀의 그 정직함을 칠 년 동안 무척 소중하게 여겼습니다.

이루어지든 이루어지지 않든 그렇게 고통스러운 상태가 사랑이니까요.

그리고 아니나 다를까, 그녀에게 새로운 사랑이 찾아왔더군요.

자기 나이가 어떻다는 둥, 지금 하는 일이 어떻다는 둥 하면서 이번에는 신중해야 할까? 하고 고민하는 그녀에게, 저는 성격에 맞지 않는 작전은 때려치우고 그 정직한 매력으로 밀고 나가! 하고 권했지요. 열정이 넘쳐 제게도 연락을 했으니 주위 사람들은 물론 상대가 눈치채지 못했을 리 없죠. 인간에게 '앞날이 없는' 나이는 없고, 게다가 예전 남자 친구도 그 빛나는 열정의 마력으로 쟁취했으니까요.

전화를 끊고서 결론을 생각했습니다.

올 첫 꿈=N이 지난해 말부터 새해에 걸쳐 내게 연애 상담을 하고 싶어 하며 나날을 지냈다. 즉 N은 내 입에서 뻔히 나올 "밀고 나가!"라는 말이 듣고 싶어 참을 수가 없었다. 그래서 그런 꿈을 꾸었다.

어떤가요?

이게 맞는다면 두 가지 멋진 요소가 있습니다.

한 가지는 사랑의 에너지는 천 리를 간다는 것.

또 한 가지는 우리는 누군가에게 하고 싶은 말을 어떤 형태로든(예를 들면 꿈속) 전하고 있다는 것. 이 경우 상징적이라서 이해하기 어렵지만 실은 둘의 의견이 합치되어 벌써 공유하고 있다는 것.

그렇다면 인간은 순간적으로 주고받은 것의 윤곽을 꿈보다 더 애매모호하게 확인하기 위해 상당히 귀찮지만 눈과 손과 언어를 통해 소통하고 만나면서 아름다운 매일을 사는 셈이네요. 이미 아는 것을 오직 '실감'하기 위해서 말이에요.

원더풀!

하지만 만약 전화가 오지 않았으면 모르고 지나갔을 테니 역시 꼼꼼하게 '전하자'라고 다짐한 새해였습니다.

구보타 씨

어린 시절에는 동네 구석구석이 훨씬 더 활기차고 생기 발랄했던 것 같은데 저만 그렇게 생각하는 것일까요?

지금도 학생이 와글거리는 와세다의 골목길이나 시모 키타자와의 시끌시끌한 저녁 거리에서 간혹 그 시절의 활기가 느껴지기는 하지만 약동감을 실감하는 일은 좀처럼 없습니다. 제가 나이가 든 탓인지 도쿄의 거리에서 에너지가 감소한 것인지 잘 모르겠군요.

때로 꿈에서 그 시절 공기를 접하곤 합니다. 무슨 일이든 하고 싶은 대로 마음껏 할 수 있는 자유로운 공기 말이죠. 단순한 생활 냄새가 짙게 풍기고 영양이 듬뿍 담긴 공기, 어쩌다 그런 꿈을 꾸면 득을 본 듯한 기분이 듭니다.

사실 구보타 씨와는 두세 번밖에 얘기를 나눈 적이 없어요. 그는 나이가 저보다 조금 아래고, 음악을 하고 있고, 목소리가 정말 아름답습니다. 공연도 몇 번 보러 간 적이 있고, 서로가 아는 지인도 있어서 안면은 있는 셈이죠. 늘 술자리에서 마주친 터라 별다른 얘기는 못 하고 헤어지는데, 아주 괴짜지만 유머 감각이 뛰어난 데다 마음씨가 곱고 시원시원해서 다른 시대에 조금 다른 입장과 장소에서 조금 다르게 알았다면 보다 자연스럽게 친구가 되지 않았을까 합니다.

조금 슬픈 일이지만 세상은 그렇게 조금씩의 차이로 성립되니 어쩔 수 없죠.

그런데 며칠 전에 꿈을 꾸었어요.

장소는 신주쿠의 야스쿠니 길, 차가 다니지 못하는 낮 시간대였어요. 그러나 지금의 신주쿠가 아닙니다. 아주 옛날은 아니어도 이제 막 새로 생겨난 신주쿠. 사람도 많이 오가고 복작복작하지만 지금처럼 그저 복잡하기만 한 게 아니라 활기가 있습니다.

친구와 네 명이서 영화를 봤어요. 눈 덮인 산이 등장하는 영화였는데, 끝난 후에 둘은 볼일이 있다며 먼저 가고 저와 한 친구가 남았죠.

"점심이나 먹으러 갈까?"

슬렁슬렁 걸어가는데 그녀가 갑자기 배가 아프다는 거예요.

빨리 집에 가는 게 좋겠다 싶어서 택시를 잡을 수 있는 곳까지 가서 그녀를 택시에 태워 보냈어요. 혼자 남은 저는 뭘 먹기 전에 먼저 서점에 들르고 싶어서 야스쿠니 길을 다시 걷기 시작했습니다. 거리 분위기가 재미나고 사람들 모두가 바빠 서둘지 않고 한가롭게 어슬렁거리는 모습이라 돌아가고 싶지 않았어요.

길 건너편에는 기타를 치며 노래하는 사람도 있습니다. 아는 곡에 아는 목소리라 문득 돌아보니 구보타 씨였어요. 원래부터 팬인 사람도 있고, 지나다가 발길을 멈춘 사람도 있습니다. 구보타 씨는 정말 즐겁게 노래하고 있었어요. 파란 하늘은 눈부시고, 노랫소리는 청량하고.

저는 한참을 보고 있었습니다. 연주가 끝나자 박수 소리가 울리고, 팬들이 악수를 청하고, 그리고 사람들이 흩어진 다음 구보타 씨가 기타를 케이스에 넣을 때 말을 걸었어요. 구보타 씨는

"오오." 하면서 웃고는 "저 지금 떠돌면서 수련하고 있습니다." 하고 말했어요.

웃는 얼굴이 얼마나 상큼하던지요.

"요시모토 씨, 그거 알아요? 이 메밀국수 가게에 개가 있어요."

기타 케이스가 놓여 있던 언저리에 아담하지만 품격이 느껴지는 메밀국수 가게가 있었는데, 구보타 씨가 부르니까 뒤에서 대걸레처럼 생긴 큰 개가 나왔어요. 제가 예뻐하고 있자니 개의 발이 메밀국수 가게의 자동문에 닿아 문이 스르륵 열렸죠. 개가 안으로 뛰어 들어가자 가게 사

람들이 입구에 선 제게 "어서 오십시오!" 하고 외치는 거예요. 이 가게 영악한 전략을 쓴다고 말하자 구보타 씨는 뭘 그리 까다롭게 구느냐는 식으로 "모처럼 만났는데 메밀국수나 먹고 갑시다." 하고 말했죠. 그래서 둘이 메밀국수를 먹는…… 장면에서 잠이 깨었어요.

마땅히 그래야 하는 거리의 모습, 마땅히 있어야 하는 인간관계의 여유. 길거리에서 어쩌다 마주쳐도 차 한잔 한가롭게 마실 수 없으리만큼 바쁘게 돌아가는 세상, 좀처럼 느긋한 분위기는 생겨나지 않습니다. 모두들 아는 사람이 너무 많고 할 일이 너무 많아서 더 이상 늘릴 수 없고, 만나자는 약속을 할 때가 아니면 연락을 취할 수 없는 듯합니다. 그냥 기분이 내켜서 전화를 걸면 마음이 편치 않습니다. 모든 일에 여유가 부족한 것이겠죠. 그러나 시대가 그러니 억지로 거스를 수도 없는 일입니다.

저와 구보타 씨(?)는 그런 욕구 불만을 꿈속에서 해소한 셈이네요.

니르바나

오래전에 『키친』이라는 소설을 썼습니다.

그 소설에, 꿈속에서 친구를 만났는데 잠에서 깨어서 서로 확인하는 장면이 있어요. 깊이 생각하고 쓴 내용은 아니었고, 실제로 그런 경험을 한 것도 아니었습니다. 그냥 막연하게 그런 '조금 신기한, 일상 속의 수수께끼' 같은 일은 있을 수 있다고 늘 생각했죠.

그런데 며칠 전 갑자기 사랑에 빠졌습니다.

연인이 낮에 집을 나갔다가 밤에 돌아오기 전, 그 사이에 사랑에 빠졌으니 속도가 엄청나네요.

저녁때 텔레비전을 봤어요.

친구를 위해 녹화하려고 평소에 보지 않는 하드 록 프로그램인 '퓨어 록'을 본 것인데요.

그런데 갑자기 저의 이상형 왕자님이 화면에 비쳤어요. 얼마나 놀랐는지.

목소리, 얼굴, 지성, 체형, 연주, 음악과 함께 그는 제가 '한눈에 반할 모든 조건'을 마치 남자가 길거리에서 여자를 향해 휘파람을 불듯이 채우고 있었지요. 우와!

그는 니르바나라는 밴드의 보컬 커트 코베인인데, 그후에 있었던 일이 그야말로 소설보다 기기묘묘합니다.

그날 사랑에 빠지기 전까지 저는 이 세상에 그런 밴드가 있다는 것조차 몰랐습니다. 물론 연인과 그 밴드를 화제로 얘기한 적도 없고요.

저는 당장 CD를 샀어요. 그리고 볼륨을 높이 올려놓고 다 듣고는 마음이 조금 진정되었을 즈음, 게다가 아무 소리도 나지 않는 방으로 연인이 돌아왔습니다. 완벽하게 알리바이를 꾸민 것이죠. 그의 눈길이 닿는 곳에 CD가 있지도 않았어요.

방에 들어온 그가 윗옷을 벗자마자 저는 고백했습니다.

"없는 동안에 사랑에 빠졌어."

뭐? 하고 그는 놀랐죠.

"그것도 외국인 밴드야. 네가 싫어할 만한……."

잠시 제가 말을 끊은 그때 그가 말했어요.

"알겠다, 니르바나지?"

너무 어이없게 맞혀서 놀란 저는 되물었어요.

"어떻게 알았어? 본 적 있어?"

그런데 더 놀란 쪽은 그였어요.

"아니 내가 지금 왜 니르바나라고 했지?"

그러고는 고개를 갸웃거렸어요. 이름은 알고 있었지만 본 적도 없고 그들 음악을 들은 적도 없는데 왜 그렇게 생각했을까?

아무튼 입에서 그냥 나왔다고 합니다.

돌아왔을 때 집 안에 니르바나 음악의 여운과 그 정보가 가득했던 것인지,

고백했을 때의 제 마음을 텔레파시로 읽었는지,

또는 밖에 있는 그의 마음에 그 외간 남자적 단어가 가물가물 스쳤던 것인지.

아무튼 우주 규모의 장대하고 영원한 아카식 레코드에서 끄집어낸 듯 직감에 가까운 질투였던 것은 틀림없습니다.

흔히 있는 일이지만 이유는 생각해 봐도 알 수 없습니다. 그래서 깊이 생각지 않습니다. 하지만 일상에는 간혹 그런 일이 있어요. 제 손으로 써 놓고 이런 말을 하자니 뭐하지만 역시 그 소설은 거짓말이 아니었습니다. 사 년 지나서 이렇게 체험하게 되었으니까요.

그러고 보니 옛날에 아르바이트를 했던 가게 주인이 '오늘 저녁은 어묵.' 하고 먹고 싶은 것을 마음속에 그리다가 집에 돌아가 보면 아내가 바로 그 음식을 만들어 놓고 기다리고 있다, 두부 요리나 전골 정도의 오차는 있지만 아주 빗나가는 일은 없다고 말한 적이 있는데요. 이런 예도 흔히 있는 듯하지만 생각해 보면 참 묘하죠.

야마모토 스미카 씨도 만화에서 그렸지만 원래 초능력은 '어머니가 아들을, 누나가 남동생을' 염려하는 마음에서 생겨났다고 합니다. 고대에는 결혼이라는 제도가 없었고 남자가 밖에 나가 죽는 경우가 많았기 때문에 여자들이 집에서 밖에 나간 남자를 미칠 듯이 염려하다 기적적인 힘을 발휘하곤 했다는데요.

　당시에 비하면 현대는 비교적 안전하고, 타인인 남녀와 가족의 구별도 당시보다 희박한 만큼 본능이 그런 은밀한 형태로 가족의 죽음과 외도와 먹고 싶은 것을 알려 주러 슬쩍 나타나는 것이겠죠.

하얀 코트

시간은 돌아오지 않습니다. 당연한 일이죠.

저는 후회와는 인연이 없는 성품인 듯합니다. 사랑하는 개가 죽었을 때도 너무 슬펐지만 후회는 없었고, 스포츠 선수처럼 '할 만큼은 했다.' 하는 감상을 품을 정도로 오히려 후련했어요. 그런데 최근에 한 가지 후회한 일이 있습니다.

사촌이 스스로 저세상으로 떠났습니다.

오래도록 정신 상태가 좋지 않아 힘겨워했는데 많이

좋아졌다 싶어 주위 사람들이 얼마간 안도했을 때였죠.

어린 시절에 저와도 놀아 준 사람이었어요. 영리하고 남편과 아이들에게 사랑받으며 지냈는데.

그런 경우의 장례식은 암울합니다.

모두가 눈물을 흘리며 안타까워합니다. 조금 전까지 관에 있던 사람이 잠시 후면 뼈가 되어 돌아옵니다. 그 뼈를 보고서 가족들은 엉엉 울음을 터뜨렸죠. 당연합니다. 믿을 수 없는 일이니까요.

얼마 전에 사랑하는 개가 죽어(사람과 같이 여기면 안 되려나요?) 조금 전까지 그리도 보들보들하던 몸이 딱딱해지고 뼈가 되는 과정을 지켜봤던 만큼 그 사람들의 비통함이 그대로 느껴져 미간에 절로 힘이 주어졌습니다.

그녀 아버지가 눈물을 글썽이며,

"젊은 사람은 좋겠어, 아무쪼록 건강에 유의하고. 부모보다 앞서가면 절대 안 된다. 살아서 이렇게 괴로운 일도 없으니."

하고 간곡하게 하던 말을 평생 잊지 못할 거예요.

아무리 속상한 마음으로 죽었어도 친숙했던 사람들이 자기 알몸보다 부끄러운 뼈를 부젓가락으로 주어 줍니다. 사랑이죠.

일본의 장례는 그래도 온건합니다.

하지만 가능하면 부모에게 그런 슬픈 일을 시키지 않는 편이 좋겠죠.

제가 그녀를 마지막으로 본 곳은 우리 집 근처였어요. 택시를 타고 가고 있었죠. 문득 창밖을 보니 하얀 코트를 입은 그녀가 건널목에 서서 신호를 기다리고 있었습니다.

어, 사촌인가? 아닌가? 눈길이 마주쳤으니까 맞나? 그런데 왜 여기 있지? 할머니 집에 온 건가? 상태가 좀 좋은 건가. 손을 흔들어야 하나?

그렇게 생각하는 동안에 택시가 모퉁이를 돌고 말았습니다.

왜 손을 흔들지 않았을까.

후회됩니다.

서둘러 어디로 가는 중이었어요. 약속 시간에 늦어 허둥대고 있었죠. 택시에서 내려야 하는 사태가 생기면 곤란하다는 생각이 작용했어요. 하물며 정신 상태가 좋지 않고, 그렇게 된 후로 처음 보는데 외부 사람인 저는 무슨 말을 하면 좋을지 몰랐습니다. 쑥스럽기도 했고요.

봄바람에 하얀 코트 자락이 팔락거렸어요. 화장한 얼굴에 어리둥절한 표정으로 이쪽을 보고 있었죠. 잊을 수 없을 거예요.

손을 흔들었으면 웃는 얼굴을 볼 수 있었을 텐데.

하지만 이미 그녀는 하얀 뼈가 되었습니다.

살아 있다는 것은 아름다운 일입니다. 그리고 평생에 한 번뿐인 기회라는 것도 사실입니다.

반성합니다.

고유키라는 꿈

친구 중에 마쓰모토 고유키라는 사람이 있습니다.

생긴 것도 풍만한 가슴도 하는 일도 노는 방식도 저와
는 전혀 달라서 일상을 함께하는 친구는 아니지만 서로를
소중하게 여깁니다. 무슨 일이 있으면 반드시 보고하고,
서로가 한 일을 보면 또 감상을 나누죠.

이 친구와는 흔치 않게 만나자마자 바로 친해졌어요.

세상에는 어떤 사람과 서서히 친해지는 경우와 갑자기
친해지는 경우가 있는데 저는 의외로 후자가 적습니다.

그리고 그렇게 바로 친해진 사람과는 시간과 거리를 두

고도 변함없이 친하게 지낼 수 있는데요. 그건 그 사람이 지닌 매력이 좋아 친분을 이어 가기 때문입니다.

그녀는 꿈을 사는 사람입니다.

제게는 다양한 친구가 있습니다. 꿈을 좇는 사람, 술과 약을 과용해 꿈인지 뭔지 모르게 된 사람, 현실을 너무 열심히 산 나머지 인간 자체가 꿈 같아진 사람, 꿈처럼 사는 사람 등등. 그러나 '꿈을 사는' 친구는 그녀뿐입니다.

이는 틀림없는 재능이죠. 그 재능에 매료된 것입니다.

그녀는 그 아름다운 머리부터 발끝까지 꿈에 젖어 있습니다. 아름다워서 그럴 수 있는 게 아니라 꿈을 살기 때문에 아름다운 것이죠.

연극적이라 여겨질 만큼 독특한 언행이 연극적으로 보이지 않는 것은 진짜이기 때문입니다. 그녀의 수조에서 꿈을 떠내어 버리고 나면 그녀는 인생에 빠져 허우적거리다 죽을 거예요.

하지만 위험하지 않아요. 살아가는 힘으로 충만합니다. 꿈이 그녀의 지반이기 때문이죠.

정말 보기 드문 사람입니다. 옛날 여배우가 이랬을까 하고 종종 생각합니다.

일 때문에 몇 달씩 이집트나 중국에 체류하며 가혹한 환경에 있어도 화보 속 그녀는 꿈을 살고 있습니다. 거칠어진 피부도, 햇볕에 탄 얼굴도, 식중독도 그 꿈의 화면을 해치지 못합니다.

그 어떤 위험도 그녀의 꿈의 풍경을 깨뜨리는 힘이 없습니다.

이상한 사람. 그런데 정말 좋은 사람입니다.

그 꿈의 비밀은 거짓말을 하지 못하는 것이지 않을까 하는 느낌입니다.

「삐딱한 댄디」 같은 영화에 출연해 훌훌 벗는데도 기품을 유지한다는 것은 좀처럼 쉬운 일이 아니죠. 그런 일쯤 그 꿈을 냉정하게 지각하고 사는 혼에 아무 영향도 미치지 못합니다.

기껏해야 "어머, 마호 씨(나의 본명)에게 알몸을 보였네."

하는 정도죠.

알고 지낸 지 벌써 십 년이 넘었는데 저는 아직도 고유키라는 꿈의 비밀을 잘 알지 못합니다.

어쩌면 그녀가 어릴 때부터 되고 싶었던 무엇, 재능의 손짓을 따라 보아 왔던 사람이 아닌 여신이나 선녀, 또는 마녀, 그런 것들의 모습에서 꾸었던 꿈을 아직 어린 채로 품고 있는지도 모르겠군요.

차분한 베이지색으로 채색된 그녀의 방, 일본이나 아시아의 어느 곳, 또는 여행지의 호텔 같은 그곳에 가면 저는 왠지 슬퍼집니다. 그녀가 고독해서가 아니라 그녀를 차지해서 그녀를 '운명의 여자'로 여기려다 실패한 남자들의 고독이 느껴지기 때문이겠지요.

여자 친구라서 정말 다행입니다!

탐정 꿈

사쿠마 씨, 그녀 결혼식 후로 별로 만나지도 않았는데 불현듯 꿈을 꾸었습니다. 둘이서 탐정 일을 하고 있었고 세계적으로 유명했어요. 무대는 아마도 유럽인 듯했습니다. 어느 자산가의 부인(아시아 사람이었어요.)이 일을 의뢰하러 왔습니다. 미궁에 빠진 남편 피살 사건이었죠.

굉장하죠. 아마 「붉은 돼지」를 보고 난 후라 그런 꿈을 꾸지 않았나 싶네요.

우리는 부인의 저택에서 우아하게 생활하며 사건의 진상에 다가갑니다. 정원사와 가정부, 인간관계와 집안의 과거를 파헤치는 과정에서 잇달아 새로운 사실을 발견하죠. 그러다 벌레 하나 못 죽일 청년, 알리바이도 완벽하고 세 아들 가운데 어머니에게 가장 사랑받는 막내아들이 범인 이라는 증거를 포착합니다.

그러나 명탐정인 우리는 '남편이 살해당한 데다 아들 이 범인이라면 그 아름다운 부인이 너무 불쌍하다.'라는 생각에 진상을 밝히지 않기로 합니다. 가족 모두 모인 자 리에서 "범인을 알아내지 못했습니다." 하고 결과를 밝힌 우리에게 부인은 "체재비는 받지 않겠으니 당장 떠나요!" 하고 소리를 질렀죠. 우리는 어깨를 축 늘어뜨리고 저택 을 떠났습니다.

다음 날 장거리 열차를 예약하고 플랫폼에서 신문을 사 보니 우리가 멍청한 탐정이라는 기사가 대문짝만 하게 실렸더군요.

"우리 평판만 추락했네."

"그래도 잘한 거야."

우리는 고상하고 아름답고 친절한 부인에게 매료되어

그 부인의 행복만을 바랐으니까 어쩔 수 없습니다.

기차에 올라타 지정 좌석으로 걸어가는데 저쪽에서 부인이 걸어왔습니다. 부인이 이 기차에 탈 리가 없는 데다 민망하고 당황스러워 '왜 여기에?' 하고 생각하면서 걸어갔죠. 드디어 스쳐 지나는 순간. 부인은 마치 모르는 사람인 것처럼 낯빛 하나 변하지 않았습니다.

그런데 스쳐 지날 때 부인이 제 앞에 있는 사쿠마 씨 손에 무언가를 쥐여 주었어요. 사쿠마 씨는 재빨리 그걸 짧은 바지 주머니에 넣었습니다. 그다음 저와 스쳐 지날 때 이번에도 부인은 제게 무언가를 슬쩍 건네주었습니다. 놀라서 보니 분홍색 커다란 진주였어요. 제가 "저……." 하고 말하는데도 부인은 돌아보지 않은 채 그대로 걸어갔습니다.

좌석에 앉아 사쿠마 씨가 주머니에서 그걸 꺼내 손바닥에 올려놓고 데구르르 굴리면서 말했습니다.

"부인이 우리 태도를 보고 아들이 범인이라는 걸 안 모양이야. 가족 앞에서 인사치레를 할 수 없으니 이걸 준 거겠지."

"언제 알았어?"

"어제 소리치면서 쫓아낼 때, 그렇지 싶었어."

"그래서 아까 이걸 건네받을 때 그렇게 태연했구나."

사쿠마 씨는 과연 굉장하고 멋진 사람이라고 새삼스레 감동했습니다. 저는 제 생각에만 사로잡혀 바로 진주를 보았고, 아들이 남편을 죽였다는 사실을 받아들이면서 소리 없이 사라지는 부인에게 말까지 걸려 했는데 말이죠. 아직 한참 멀었다고 반성하고는 이 사람과 콤비가되기를 정말 잘했다고 생각했습니다.

그런데 줄거리는 그렇다 치고 그 리얼리티.

사쿠마 씨는 옛날부터 정말 그렇게 멋진 사람입니다. 저의 대응 또한 꿈속과 똑같고요.

그 넓은 정원, 샹들리에가 있는 홀.

스쳐 지나가는 부인의 가뭇가뭇한 피부. 반듯하고 날카로운 콧대와 턱, 뭐라 할 말이 있는 듯한 표정. 수심과

강함이 섞인 눈동자. 검은 실크 블라우스와 보라색 모자. 하얀 타이트스커트. 천천히 이쪽으로 걸어오는 싸늘한 움직임. 스쳐 지날 때 풍겼던 향수 냄새. 가녀린 손으로 제 손에 쥐여 준 진주의 차가운 감촉. 그 분홍색 진주의 보얀 빛.

꿈이란 잠시 다른 현실을 사는 것. 그곳에서 우리 둘은 지금 어떤 사건을 맡고 있을까요.

David

비행기는 아주 높은 곳을 날아갑니다. 화면을 보니 바깥 기온은 영하 40도라고 아무렇지 않게 떠 있네요. 벽 하나를 사이에 두고 사실은 사람이 있을 수 없는 곳을 억지로 날고 있다는 생각이 듭니다.

사고도 약간 달라집니다.

제 경우는 (어디까지나 개인적으로) 감각과 사고가 현저하게 둔해집니다. 원고는 절대 쓸 수 없죠.

꿈은 오히려 생생해집니다.

가사 상태에 가까운가 싶기도 합니다.

며칠 전에도 외국에 가느라 긴 비행을 했습니다.

감각과 사고가 얼마나 둔해지는지 실감할 수 있는 사건이 있었죠.

기내에 흐르던 마음의 연인 니르바나의 음악이 끝나고 말아, 쳇 하면서 평소에는 잘 듣지도 않는 '일본의 팝스'에 채널을 맞췄어요. 그러자 그 옛날의 명곡, 야노 아키코 씨의 「David」가 흘러나왔습니다.

예전에는 친했지만 지금은 만날 수 없는 누군가를 생각하게 되는 그리운 곡입니다.

무심히 듣고 있다가 '누군가를 만나고 싶네.' 하고 생각하는 자신을 깨달았지요. 정말 너무너무 만나고 싶은 듯합니다. 아주 오래 만나지 않았다는 느낌도 듭니다.

누구지, 하고 생각했지만 떠오르지는 않습니다. 남자입니다.

지금까지 좋아했거나 같이 생활했거나 지냈던 남자들을 되짚어 보았죠. 그 모두인 것 같기도 하고 어느 누구도 아닌 것 같기도 합니다. 딱 꼬집어 누구랄 수 있는 결정타가 없습니다.

그 사람인가…… 아닌데 조금 더 핸섬하고…… 그럼 그 사람인가? 아닌데, 조금 더 서글서글한 느낌, 조금 더 강렬하게 빛나고, 제멋대로이고, 고집 세고, 피부가 하얗고, 나를 열렬하게 생각하고, 의지가 되었지만, 그런데도 싫은 사람, 그러면서도 사랑스럽고, 그래서 늘 곁에 다가가고……. 생각이 겉모습에서 '혼'의 문제로 파고들었을 때에야 사람이 아니라 키우던 개, 지금은 없는 남자(?) 개였다는 것을 알았습니다.

기억이라는 게 혼 그 자체네, 하고 생각하는 동시에 개와 뒤죽박죽된 기억에 새겨진 좋아했던 사람들에게 미안하네, 하면서 혼자 웃었습니다.

아, 그리고 기내에서 보는 영화의 그 기묘한 더빙.

그날 본 영화는 「프랭키와 자니」.

왜 그런지 모르겠는데 저는 기내에서만은 알 파치노와 인연이 깊습니다. 기내에서 '뭐야, 이 영화.' 하면서 어쩔 수 없이 보다 보면 반드시 그가 등장합니다.

참 이상한 영화였어요.

레스토랑에서 일하는 평범한 시민의 인간 양상을 그리고 싶은 건지, 유머를 보여 주고 싶은 건지, 가난하고 보잘것없는 사람에게도 인생은 아름답다고 말하고 싶은 건지 뭔지 모르겠더군요. 둘이 왜 사랑에 빠지는지도 수수께끼였습니다.

그렇다고 뭐 재미가 없지는 않았어요.

사실은 멋진 영화인데 제가 비행기에서 감각이 둔해진 탓에 그렇게 보였는지도 모르죠. 지상에서 봐도 이상한 영화인지 누가 알려 주세요.

하얀 스웨터

실제로 있었던, 무섭지 않은 이야기.

우리 어머니는 무척 감이 좋은 사람이었습니다. 초능력이 있다고 할 정도는 아니지만 때로 신기하게 날카로운 지적을 하지요.

며칠 전 비 내리는 날.

일 때문에 아침부터 밖에 나가 촬영을 하고, 아사쿠사에 가서 속옷과 잠옷을 사고, 서점에서 친구를 만난 후에 세일하는 여행 가방을 사 가지고 내리는 빗속에 드르륵 드르륵 끌면서 집에 돌아왔어요. 개를 목욕시키고, 저도

씻고 너덜너덜 지친 상태에서야 비로소 한숨 돌릴 수 있었죠.

밤 8시쯤이었을까요.

저는 그날 새로 산 잠옷을 입고 있었어요. 두툼한 누비 감이라 마치 방한복 같았죠. 속치마처럼 생긴 데다 색상도 하얘서 정말 화려했어요. 왜 그런 걸 샀는지는 모릅니다. 그냥, 이거야! 하고 생각했어요.

그 차림으로 만화를 읽었어요.

니시무라 시노부 씨의 『서드 걸(Third Girl)』은 제가 어른으로 성장하는 데 큰 영향을 미친 수준 높은 만화입니다. 대학교 1학년 때부터 읽기 시작했는데 사 년의 공백을 거쳐 드디어 새 편이 출간되었거든요. 그야말로 사 년이나 기다린 작품입니다.

그런데 이게 무슨 일이죠!

그사이에 주인공도 어른이 되어 스토리가 뭐라 말할 수 없이 리얼하고도 슬프게 전개되고 있었어요. 너무 몰입한 데다 슬퍼서 충격을 받았습니다. 피곤하고 맥이 좍

풀리고, 일시적이지만 몹시 우울해졌어요.

'고베에 사는 주인공의 애인이 교토 대학에 합격해 고베를 떠나더니 그곳에서 다른 여자를 만났다.'라는 흔하디흔한 내용인데 캐릭터가 살아 있어서 드라마보다 슬픔이 훨씬 리얼했어요.

다 읽고서 책을 덮은 다음 나도 모르게 선잠이 들고 말았습니다. 사 년이나 기다렸는데 너무 하잖아, 하고 암울해져서 말이죠. 등장인물이 저의 오랜 친구였으니 더 그렇습니다.

밖에는 비가 내리고, BGM은 벨벳 언더그라운드. 기억하지 못하지만 정말 슬픈 꿈을 꾸었어요.

집으로 돌아온 연인이 새하얗고 이상한 잠옷을 걸치고 니코의 노래를 들으면서 암울한 표정을 지은 채 울먹이는 여자를 발견! 그다음 언니에게 전화를 걸어 『서드 걸』에 대해 투덜거렸더니 엄마가 전화를 바꿔 달라고 하고서 하는 말.

"너, 슬픈 일 있었니?"

"있었는데 왜?"

"조금 전에 선잠이 들었는데 네가 꿈에 나왔어. 새하얗고 화려한 모헤어 스웨터를 입고 말이야. 집에 와서 훌쩍거리기에 왜 그러냐고 했더니 남친이랑 싸웠다고 하고는 언니가 쪄 준 단호박이랑 바나나를 먹었어."

단호박과 바나나는 그렇다 치고 그 새하얀 스웨터는 그날 사 와서 바로 입은 잠옷이 틀림없었죠.

몇 시쯤? 하고 묻고 대답을 듣고 보니 제가 잠든 시간보다 두 시간 정도 전이었습니다.

대체 뭘까요?

하얀 옷과 남녀 문제의 슬픔.

어머니가 그것을 집에 온 가련한 자식에게 음식을 먹이는 꿈으로 뒤바꾼 것일까요? 저는 그렇게 추리합니다. 인간이란 얼마나 대단한지 모르겠어요. 그날 저녁 반찬은 단호박찜이었다고 합니다.

저는 물론 싸우지 않았고, 배도 고프지 않았죠. 하지만 제 '선잠의 슬픔'이 시공을 초월해서 어머니와 직결되었다고 생각합니다. 게다가 그렇게 뒤바뀐 것, 꿈을 전후한 혼란이 정말 리얼하고 좋군요.

마음과 몸의 깊은 관계

독서의 계절 가을, 건강도 챙기자는 생각에 일거양득을 노리고 『아유르베다 건강법』이라는 책을 샀습니다.

고대 인도의 의학서 『아유르베다』를 현대에 적용한 흥미로운 책인데요, 그야말로 인도,

'겨울에는 매일 섹스를 하는 것이 좋다.'라느니

'빨리 먹는 것도 좋지 않지만 너무 느리게 많이 먹는 것도 좋지 않다. 음식에 자잘한 돌이나 쓰레기가 섞일 수도 있다.'라느니

'기라는 기름으로 눈을 씻으면 시력이 떨어지지 않는

다.'라느니.

현대에 맞지 않는 이런 내용도 군데군데 있어서 재미있
었습니다.

그 책에 따르면 저는 '바타 도샤'가 우세한 체질. 다른
체질에 비해 뜨거운 것과 기름을 필요로 하고, 먹어도 살
이 찌지 않으며, 추위에 약해서 더운 곳을 좋아하고, 목
욕이나 사우나와 마사지를 즐기고, 수면을 많이 취해야
하는 체질이랍니다. 성격적으로는 바타가 증가해서 불안
정해지면 비관적이 되어 짜증이 많아지고, 바타가 안정적
이면 기지를 발휘하고 명랑해지며, 먹고 움직일 때 동작
이 빠르답니다. 신속하게 파악하지만 기억력은 좋지 않고,
싫증을 잘 내고……. 다 맞는 말입니다.

조사해 보니 사무실의 Y 씨는 카파 체질. 바타가 불안
정할 때는 게을러지지만 안정적일 때는 너그럽고 동작은
느릿느릿. 특히 매운 음식을 즐긴다는데……. '이거 거의
점이잖아.' 싶었습니다. 그녀가 매운 것을 유난히 좋아하
기로 유명하거든요. 그녀 몸이 아주 자연스럽게 매운 것을

필요로 하고 저는 기름진 음식을 아무리 먹어도 탈이 안 나는 것처럼 각자에게 맞는 '자연스러움'이 있나 봅니다.

그런데 가장 흥미로운 부분은 '본인이 그 점을 알게 모르게 자각하고 있어서 누가 굳이 말하지 않아도 그렇게 한다.'라는 것이겠지요.

만약 제가 흰살 생선과 찐 음식만 먹고, 날마다 여섯 시간 수면을 취하고, 과일을 충분히 먹고, 겨울이면 마른 수건으로 피부를 마사지한다면 남이 보기에는 더할 나위 없이 건강한 생활을 하는 셈이겠지만 저의 몸과는 어긋난다는 얘기입니다. 그러니 제 몸이 그 특성을 인식하고서 상당히 정밀하게 자연스러움을 도입했던 것이죠.

장기를 비롯해서 인간의 몸은 본인 자체의 정보를 전부 갖고 있어서 뭐 하나가 모자라도 본인은 성립하지 않는다는 뜻이겠지요.

장기 이식 수술을 받은 사람이 그 장기의 예전 주인 꿈을 곧잘 꾼다는 얘기를 들었는데요. 물론 자기 몸 안에 있는 장기의 주인이 어떤 사람이었는지 듣고 아는 바가 있으니 신경이 쓰여 꿈도 꾸는 것이겠지만 그게 전부는 아니라고 생각하면 참 흥미롭습니다.

누가 집에 찾아왔다가 윗도리를 깜박 잊고 두고 갔을 경우 개라면 냄새로 알겠지만 인간도 때로 알곤 합니다.

그 사람이 거기에 있었다는 정보를 아는 탓도 있지만 (대개 그렇지만) 옷이 흔적을 띠고 있다고밖에 생각되지 않는 경우도 있습니다. 제가 감이 좋아서인지도 모르겠지만, 같은 옷을 놓고 굳이 냄새를 맡지 않아도 그 옷이 '미야자와 리에가 입었던 옷인지 다케다 데쓰오가 입었던 옷인지' 맞힐 자신이 있습니다.

그런 것과 아주 비슷하지 않을까요.

'더러운 짓'과 '신의 시점'

　저는 요즘 흔히들 '더러운 짓을 하는 놈'이라고 할 때의 '더러운 짓'에 대해 생각할 기회가 많았습니다. 그런 기회가 많아 손해 본 기분이라고 하면 그만이지만 무슨 일이든 새롭게 생각하는 것은 재미있습니다.

　'더러운 짓'이라는 개념은 '아름다운 사람'이나 '이상한 것'보다 상당히 어렵습니다. 부정적인 분야이고, 피해를 입은 사람과 그렇지 않은 사람의 의견이 정반대인 경우도 적지 않고, 또 어떤 강렬한 목적이 있는 경우에 더러운 짓은 정당화될 수도 있기 때문이죠.

저는 '더러운 짓'에 대해 분명한 정의를 갖고 있습니다. 타인의 자유(이익이 아니라)를 빼앗는 것과 관련된 행위.

하지만 저 역시 때로는 그런 행위를 하겠지요. 가령 제가 저의 자유로 어떤 작품을 쓰지 않겠다고 결정하고 그 결정을 담당자에게 전달하면 그 사람은 아마 상사에게 꾸지람을 듣고, 대신 써 줄 사람을 찾고, 광고 내용을 변경하고……. 물론 이건 만약의 얘기입니다! 결국 개인의 자유와 존엄에 깊이 관계하게 됩니다.

그러니 그런 결정은 본인에게 죄의식이 있느냐 없느냐에 따라 결과가 달라지겠죠. 타인은 어디까지나 타인이니까요.

누군가가 외도를 하면 '더럽다!'라고 생각할 수도 있고, '당연하다.'라고 생각할 수도 있습니다. 게다가 본인은 신경 쓰지 않아도 본인의 깊은 곳에 무언가가 쌓일 수도 있고, 모두가 나쁘게 생각하는 반면 신은 어쩌면 용서할 수도 있고.

왜 이렇게 심각하게 생각했느냐, 서평을 쓰기 위해 『슈

퍼스타의 신화 마돈나』를 읽었기 때문입니다.

감상평은 솔직히 '진짜 짜증 나는 인간이네!'입니다. 그런데 그 짜증의 정도도 스케일이 무한히 커질 수 있겠다는 묘한 감상에 젖었습니다. 크면 좋으냐 하면 의문이지만요.

그러나 그렇게 짜증 나는 사람도 마음이 있는 한 사랑을 하고, 결혼을 꿈꾸고, 상처받아 울기도 합니다. 수많은 사람을 슬프게 하는가 하면 멋대로 행동하고, 전 세계 사람들이 주목하면 주목할수록 갈급함이 더해진다는 것을 알 수 있는 책이었습니다.

가까이에 있으면 싫겠지만 절대 미워할 수 없는 절박한 인생은 모르는 사람까지 매료하죠.

인간이란 정말 기묘합니다.

이 명제는 인간이 이 조그만 뇌로 생각할 일이 아니라 신이 그 커다란 뇌로 생각하기 위해 있는 것이겠지요.

본질적으로 사람은 사람을 재단할 수 없으니까요.

좋아하거나 싫어하고, 미워하거나 사랑하고 믿을 뿐입니다.

제가 아주 좋아하는 친구 중에 쾌활하고 현명하고 균형감이 좋은 여자가 있습니다.

당연히 모두가 그녀를 좋아하는데 그녀는 무슨 일만 있었다 하면 신과 인생에 감사합니다.

얼마 전에도 자전거를 도난당하고 엄마에게 전화를 걸어 그 분함을 호소하는 도중에,

'나는 이런 부모 밑에 자란 덕분에 남의 자전거를 훔치지 않지만 훔친 사람은 도덕심도 없고 비참한 인생을 살 거야, 어째 좀 가엾네. 내가 정상이라는 게 더없이 고마운 마음이 분함을 넘어서네. 고마워 엄마, 그걸 알게 해 줘서 고맙다 도둑아.'

하는 생각에 마음이 몽글몽글해져 엄마에게 그 마음을 열심히 전했더니,

"네가 하느님이라도 되니?"

하면서 들은 척도 하지 않았다고 하네요.

아주 착실한 다른 여자 친구도 있는데 어느 종교 관계의 높으신 분을 만나게 되었다고 합니다.

"신에 대해서 어떻게 생각하시나요?"

하는 질문을 받고서

"잘 모르겠지만 어릴 때 밤늦게 집으로 돌아가는 길에 친구랑 나란히 논에서 오줌을 누면서 '개구리님, 지렁이님, 하느님 죄송합니다.' 하고 생각했던 그런 마음 아닐까요."

하고 대답했다고 합니다.

저 개인적으로는 인간은 이런 정도가 좋지 않을까 합니다. 이보다 높게도 낮게도 가고 싶지 않네 하고 뭐가 높고 뭐가 낮은지 모르는 채 생각했어요.

리얼

저는 감촉마저 느껴지는 컬러풀하고 리얼한 꿈을 잘 꿉니다.

바로 그제도 잠들기 전에 읽은 책 탓에 에이즈에 걸려 죽음을 앞둔 꿈을 꾸었죠.

에이즈로 죽은 젊은 프랑스 작가가 인생의 마지막 날들을 그린 책인데 '작가란 참 고되네, 별생각 없이 느긋하게 죽을 수도 없네.' 하는 생각이 들더군요. 두뇌 작용이 둔해지는데도 글을 쓰려고 하는 기백에는 가슴이 메었지요. 작가는 점차 살이 빠지고 면역력도 약해져 일상생활도 뜻대로 할 수 없어집니다. 지푸라기라도 잡는 심정으로 죽기 직전에 모로코의 탕헤르에 가서 초능력자 비슷한 사람에게 치료를 받아 일시적으로나마 상태가 좋아지기도 하죠.

그런데 꿈속에서 저는 무슨 영문인지 벤츠를 타고 나타난 이토이 시게사토 씨에게 길바닥에서 기공 치료를 받습니다. "이러면 곤란하지, 기를 더 느끼도록 해."라는 소리를 듣고는 어차피 죽는다고 생각하는 게 잘못인가, 하고 생각했습니다.

작가의 글 그대로였죠.

하지만 죽음을, 죽어 가는 느낌을 리얼하게 경험하고서 몹시 무서웠습니다. 꿈속에서 겪는 체험에서도 실생활에서의 체험만큼이나 감정이 움직이는 것이겠죠.

그 전에는 '연인이 외도를 하는 꿈'을 꾸었는데요. 현실이라고 여겨질 만큼 리얼한 세계였습니다.

제 책의 일러스트를 그리는 현장을 보기 위해 하라 씨 집을 찾아갔더니 다른 출판사의 본 적 없는 여자가 하라 씨의 원고를 받으러 와 있었어요. 분위기가 참 묘하다 싶었죠. 현관에서 원고를 받아 들고 갔을 뿐인데 왠지 느낌이 싸해서 "저 사람 누구죠?" 하고 물으니 "대형 출판사에서 아르바이트를 하는 사람인데 바람기 많기로 유명하지." 하더군요. 무서워서 유혹해도 모르는 척했는데 집요하고 강압적이라서 소심한 사람은 거절하기 어려울 것 같다나요.

그런 사람이 왜 잘리지 않는지 의문스러워하면서 집으로 돌아와 연인에게 그 얘기를 하자, 그 사람에 대해 잘 알고 있더군요. 만난 적 있어? 하고 묻자 당신 없을 때 한 번 원고를 가지러 왔었다고 하는 거예요.

설마…… 하고 추궁하니 "딱 한 번이었어." 하고 맥없이 털어놓더군요. 헉, 꿈이었지만 나는 약이 올라서 연인을 때렸는데 그럼에도 감정이 수습되지 않아 헤어져야 하나, 용서해야 하나 혼란스러웠습니다. 그다음이 정말 굉장했죠. '그래, 이건 꿈이니까 깨나면 되잖아! 그런데 어떻게 하면 이 깊은 꿈에서 깨날 수 있지? 몸까지 통째로 들어와 있는데……. 아, 맞다. 울면 되겠네!' 하고 생각했어요.

그리고 어머니의 어두운 태내에서 세상으로 나온 갓난아기처럼 엉엉 울었습니다. 그랬더니 눈이 떠졌죠. 옆에서 연인이 놀라서 "왜 그래!" 하며 벌떡 일어났습니다.

겨우 돌아왔던 것이죠.

본의 아니게 잠이 깬 것도 모자라 "너무해, 너무해!" 하면서 하지도 않은 외도를 했다고 비난당한 그 사람은 그렇다 치고, 인간이란 어떤 경우에도 지혜를 짜내는군, 하고 감동한 사건이었습니다.

에이즈로 죽은 그 작가도 이 모든 게 꿈이라면 좋을 텐데, 하고 몇 번이나 생각했겠지요.

그러고 보면 현실에는 인간이 견뎌 낼 수 없는 가혹한 일이 아주 많은 것 같습니다.

지혜를 짜내고 마음을 돌리면서, 살아 있는 동안에는 그저 살아갈 수밖에 없겠지요.

과거

　부모 슬하에서 생활했던 어린 시절 또는 학창 시절의 저 자신에 대해서는 자유로운 시간이 참 많았는데 시간을 옳게 사용하지 못했다는 인상이 지배적입니다. 어느 인터뷰에서,

　"학창 시절에 대해서 후회되는 일은?"

　하는 질문에,

　"그렇게 마셔 댈 여유가 있었으니 뭐라도 배웠으면 좋았을 텐데…… 수묵화나 뭐 그런 걸, 하하하."

　하고 대답했더니 나중에 이렇게 기사화되었더군요.

요시모토: 학창 시절에 수묵화를 배우지 않은 게 후회스러워요.

그런데 어느 날 부모님 집에 갔더니 제 방이었던 방에 책이 산더미처럼 쌓여 있고, 어머니가 "이 방을 이렇게 내버려 둘 수는 없어. 짐을 정리해라." 하더군요. 할 수 없이 조금씩 정리했는데 옛날에 쓴 원고와 노트를 보자니 정말 너무 부끄러워서 작업에 진척이 없었습니다.

원고의 그 유치함이라니, 쓰여 있는 내용 자체는 지금과 별다르지 않았어요. 남녀가 등장해서 먹고, 유령이 슬쩍 나타나고. 한심해서 얼굴이 붉어질 정도였죠.

그러나 그런 글을 쓴 기억이 전혀 없습니다. 제가 쓴 게 맞지만요.

만화적인 낙서가 휘갈겨진 수학 노트, 아아, 죽고 싶네.

그런 걸 정리하고 있는데

"아아, 나는 꿈을 잘 꾸고, 암울한 것에서 아름다움을 느끼고, 만화와 영화를 좋아했고, 귀여운 것을 좋아하고,

촌스럽고, 하지만 사교적인 여자아이였네."

하는 생각이 절실해지더군요. 그 방에 있는 물건들을 타인의 것으로 바라보니 그런 결론이 나왔던 것이죠. 그 것은 좀처럼 되돌아보지 않는 저의 잔상, 지금과 너무 비 슷하면서도 다른 그 인격에 신기한 느낌이 들었습니다.

일상 속 우리는 예나 지금이나 별다름이 없다고 착각 하며 살지만 생각해 보면 세포부터가 다른 사람입니다.

또 다른 어느 날 역시 부모님 집에서 정리를 계속하고 있는데 한 서랍에서 쏟아져 나온 잡동사니.

거울 조각이 박힌 낡은 인도 볼펜, '천황 폐하 재위 60주년 기념, 금화은화 지우개', 곰돌이 대야, 「효킨족」[1] 에서 당첨된 비트 기요시가 버린 쿨런, 밤순이 편지지 세 트, 놀라운 파워 대량 발생용 피라미드, 거대하고 푹신한 무당벌레 쿠션 등등, '대체 이게 다 누구 거야? 바보 아

---

1 1981~1989년에 방영된 개그 프로그램.

냐?' 싶은 것들이 줄줄이 나왔습니다.

아홉 살 마루코[2]를 보며 웃고 있을 때가 아니었죠.

결정타는 양동이에 한가득한 '물개와 바다표범 굿즈'. 잇달아 샘솟는 온갖 물개와 바다표범을 보면서 어이가 없어 어머니에게,

"이 집에서 대체 뭘 하며 살았는지 모르겠네. 죄송합니다, 이상한 사람과 같이 살게 해서."

하고 사과했더니,

"이상한 아이라고는 생각지 않았지만 물개 굿즈를 너무 많이 사들이긴 했어."

하시더군요.

이렇게 해서 내린 결론 하나, 내게는 결핍이 있었고 어쩌면 나는 '기묘 대왕'에 불과했는지도 모른다.

자신이 생각하는 자신은 자신의 의식이 집중하는 부분

---

2 사무라 모모코의 만화 「모모는 엉뚱해」의 주인공.

의 자신, 전체의 극히 일부입니다. 게다가 그것은 남이 보는 자신조차도 아니죠.

만약 8밀리미터짜리 필름으로 어린 시절부터 쭉 제 모습을 볼 수 있다면, 내면과 무관하게 그저 보이는 대로 세 번쯤 돌려볼 수 있다면 지금 붙들고 있는 대부분의 고뇌는 '뭐야, 이 사람, 이렇게 하면 되는데.' 하는 식으로 없어지지 않을까 합니다.

죽은 사람 꿈

본문과 관계없지만 오늘 아침에 저는 '해변을 걷다가 불가사리를 밟았는데 그게 발바닥에서 떨어지지 않아 발을 휘휘 돌리는' 꿈을 꾸며 정말 다리를 휘휘 돌리다가 잠에서 깼습니다.

아아, 무서웠어요.

얼마 전에는 슬픈 꿈을 꾸었는데요.

꿈에서 때로 보는, 지금은 없는 남자 꿈이었습니다. 그는 저와 나이가 같지만 스물두 살 때 스스로 선택해서 이 세상을 떠났어요. 연인 관계는 아니었어도 아주 소중한 친구였습니다.

꿈속에서 그 남자가 죽었다는 것을 아는데도 만나곤 합니다.

마쓰도역 앞이었어요. 꿈에서는 왜 거기서 만났는지 몰랐는데 그 남자의 묘가 마쓰도에 있고 친구들과 성묘를 할 때면 늘 그곳에서 만났기 때문인 듯합니다. 꿈은 2월 17일에 꾸었지만 꿈속은 4월이고 벚꽃이 피어 있었어요.

저와 그는 역 앞 광장의 벤치에 앉아서,

"S는 아이를 낳았어."

"T는 이혼할 뻔 했는데 안 해서 다행이야."

"H는 다니던 회사 그만두고 이직을 한대."

그렇게 제가 친구들의 근황을 들려주었어요.

그는 싱글싱글 웃고 있었지만 어딘가 모르게 적적해 보이는 표정으로 "좋겠군, 다들 즐겁게 사는 것 같아." 하고 말했습니다. 그렇게 잠시 대화를 나눴는데 갑자기 그가 정중한 태도로 "요시모토, 가끔 이렇게 만나서 친구들 얘기 해 줄래? 말 상대가 필요해." 하고 말했어요.

저는 "그럼, 물론 그래야지." 하고 말했지만 그가 이미 죽은 사람이라는 사실을 아는 데다 그 정색한 태도에 놀라서 유령이 산 사람과 밀회를 거듭하는 괴기스러운 이야기 같은 의도가 있으면 어쩌지…… 하고 불안해졌죠. 하지만 그는 원래 예의 바른 사람이었고 친구에게 정중하게 말하는 일도 종종 있었으니까, 하고 생각하며 화장실에 다녀오겠다고 하고서 자리를 뜬 다음, 화장실에 가서 곰곰 생각하다 돌아와 보니 그는 없었어요.

역 앞 어디에도.

잠시 기다리면서 어떻게 하나 생각하고 있는데 제 책의 일러스트를 담당하는 하라 씨가 제 앞을 지나가는 거였어요.

"오, 바나나, 마침 잘됐어. 이걸 집에 가져다주려던 참이었거든. 어머니께 드릴까 하고."

그러고는 손에 든 빨간 카네이션이 피고 굵직굵직한 가

지가 뒤엉킨 오브제를 보여 주었습니다.

"하라 씨가 만들었어요?" 하고 묻자,

"아니, 누마타 씨가." 하고 대답했어요. 누마타 씨란 시인이며 사진작가인 누마타 겐키 씨를 말하는 거겠죠.

그러다 함께 차를 마시려고 걸어가는 장면에서 잠이 깼는데 과연 이 꿈은 무슨 의미일까요.

죽은 그는 정말 저를 불러내고 싶어서 꿈을 통해 만났는데 주저하는 절 보고 모습을 감춘 것일까요.(그런 사람이었습니다.)

그리고 하라 씨는 뭘까요? 유령에게서 저를 구하기 위해 나타난 것일까요. 아니면 그냥 그때 거기를 지나갔을 뿐인지(그런 사람이었습니다……. 죽지 않았어요. 살아 있습니다.), 꿈에 등장하는 이 빈도, 혹시 자각하지 못할 뿐 하라 씨를 간절하게 원하는 건가…… 하고 심각하게 생각해 봤지만 아무래도 그렇지는 않은 듯합니다. 그러기에는 지나가는 사람이든지, 뭔가를 일러바치는 사람, 같이 식사를 하는 사람 등의 조역에 지나지 않았으니까요.

그리고 누마타 겐키 씨는 왜 또?

수수께끼가 수수께끼를 부르는군요.

그러나 무엇보다 오랜만에 전화를 걸어 이런 꿈을 꾸었다고 얘기하고 싶어도 본인이 없으니 아쉽군요.

어떤 일화가 우스갯소리가 되려면 서로가 살아 있고 얘기할 수 있어야 하잖아요.

저는 그의 몫까지 더 즐겁게 살아야겠다고 생각합니다. 그는 즐겁지 않아 죽었지만, 그렇다고 제가 즐겁게 지내는 것을 시샘하는 성격은 아니었으니까요. 그의 친구 모두는 그렇게 사는 것이 그가 가장 기뻐할 일이라고 생각하고 있습니다.

정확함이란?

제 친구가 아이를 낳았습니다.

이십 년 지기이죠. 그녀는 언제나 담담하게 정확한 말을 해서 저는 그 말을 100퍼센트 믿어 왔습니다.

그녀가 이번에 한 말 중에서 앞으로 도움 될 두 가지.

1. "입덧이란 하루 스물네 시간 계속 속이 메슥거리고 울렁거리는 거더라고. 드라마 같은 데서 갑자기 웩 하면서 화장실로 뛰어가는 장면, 그게 다 거짓이라는 걸 잘 알겠더라."

2. (출산 때 아팠어?)

"아팠다고 할지, 어떻게 하지, 어쩌면 좋지, 그러다 어떻게 해야 할지 생각하는데, 누가 도와줄 수 있는 것도 아니니까 어쩔 수 없지, 하면서 참다 보니까 나왔어."

임신하면 이 말이 상당한 힘이 되겠지, 하고 저는 생각했습니다. 사람의 몸에서 나온 말은 무척 깊습니다. 인상에 남아 여차하면 튀어나오기도 하죠. 저처럼 일상에서는 말을 적당히 흘리는 사람과 달리 리얼합니다.

지난번에 이어 죽은 친구 이야기입니다. 아이를 낳은 그녀는 죽은 그와도 친구였어요.

어느 친구의 하숙에서 열린 크리스마스 파티가 살아 있는 그와 마지막으로 얘기를 나눈 자리였습니다. 남녀 여섯이 먹고 마시면서 잡담을 했죠. 출산한 그녀를 S, 죽은 그를 N이라고 하죠.

N은 그때 사귀는 여자 친구에 대해서 열변을 토했어요.(연인이 그의 자살과 관계가 있었는지는 아무도 모릅니다. 다만 그때 한 말로 봐서 그가 그녀를 열렬하게 사랑했다는 것은 분

명합니다.)

"정말 좋아하게 되면 어떻게든 밀고 나가야지. 그래도 안 되면 힘을 쓰는 수밖에."

"그녀의 집이 멀어서 항상 데려다줘. 그러다 전철이 끊기면 나 혼자 걸어서 돌아오고. 폭설이 내린 추운 날은 돌아갈 수가 없어서 역 벤치에서 잔 적도 있어."

"살이 좀 쪘다고 하면 신경 쓰니까 그런 말은 농담으로도 절대 안 해. 상처 주고 싶지 않거든."

"밤에도 자지 않고 일해서 크리스마스에 아주 비싼 반지를 사 줬어. 언젠가 한번 쇼윈도에서 보고 귀엽다고 한거. 놀라면서도 엄청 좋아하더라고."

"여자는 이쪽에서 보여 주는 만큼 반드시 보상해 줘. 좋아한다면 우선은 이쪽이 먼저 마음을 보여 줘야지."

평소 말이 없는 그가 이렇게나 열변을 토했고, 대학생이었고, 쑥맥인 남자들에 둘러싸여 있던 우리는 이렇게 대놓고 로맨틱한 남자의 말을 들을 기회가 없었으니 특히 그 자리에 있던 여자들은 감격한 나머지 입을 모아 그를

칭찬했지요. "N이랑 사귀는 여자는 진짜 행복하겠다." 하고 말이에요. ·

그러나 지금은 압니다. 지금은 저 역시 그의 정열에서 위험한 무게를 감지하겠죠. 그의 원래 성격과 현실 사이에 놓인 균형감을 잃은 냄새를 말이에요. 그리고 저는, 나를 집에 데려다주고 역 앞 벤치에서 자는 건 좀 심하지, 그런 남자는 싫어, 하면서 웃을 수 있겠지요.

하지만 당시에는 '얌전하고 착한 N이 저렇게 열렬하게 사랑하면서 어른이 되려고 애쓰고 있구나.' 하는 생각밖에 없었어요. 그 열변에 숨겨진 어둠은 미처 생각지 못했지요. 그 밤의 대화가 마지막이 될 줄은 꿈에도 모르고 말이에요.

S는 그날 밤 우리 집에서 묵었습니다.

사실 N은 S의 첫사랑이었어요.

이부자리를 두 채 펴고서 제가 말했습니다.

"N 오늘 진짜 감동이더라. 그녀를 정말 좋아하나 봐."

그런데 S의 반응이 신통치 않았어요.

"음."

"왜, 그러는데?"

"N은 모든 일을 진지하게, 너무 깊이 생각하지 않나 해서. 지나치게 심각할 정도로."

그때 저는 첫사랑의 상대여서 그런지 점수가 짜네, 솔직하게 칭찬해 주면 어때서, 하고 생각했던 기억이 있습니다.

그러나 N이 죽었을 때 S의 그 말이 얼마나 정확했는지 알았습니다. N은 '올바른' 말을 했지만 그때 그 '올바름'에만 취했던 어린 우리와 달리 S는 정확한 감각을 유지하고 있었던 것이죠.

정확함이란 장소에 따라 달라지는 게 아니라 보편적인 것입니다.

무라카미 류 씨의 에세이에서 "표현에 필요한 것은 정확함"이라는 글을 볼 때마다 저는 S를 떠올립니다.

먹는다는 것

얼마 전에 「달콤 쌉싸름한 초콜릿」이라는 영화를 봤습니다.

멕시코 감독이 촬영을 맡고, 그 부인이 각본을 쓴 정말 멋진 영화였어요.

줄거리를 간단히 정리해 보죠.

약 1세기 전의 멕시코. 어느 시골에 농장을 운영하는 한 가족이 삽니다. 아버지의 죽음으로 기가 드센 어머니와 딸 셋이 남습니다. 이 집에는 좀 이상한 가풍이 있는데요, '막내딸은 평생 결혼하지 않고 부엌을 지키며 어머니를 보살핀다.' 하는 것이죠. 주인공인 막내딸(상관없지만 제 언니를 닮은)은 어려서부터 부엌에서 지내며 가족의 식사를 만듭니다. 그리고 성인이 되어 한 청년과 사랑에 빠져서 결혼을 결심하죠. 그러나 어머니는 가풍을 강력하게 주장하면서 청년에게 첫째 딸과의 결혼을 권합니다. 청년은 사랑하는 여자와 같은 집에 있고 싶은 나머지 그 결혼을 승낙(그런 시대였어요.), 막내딸은 슬퍼 눈물을 흘리면서 갖가지 피로연 음식(역시 관계없지만 엄청나게 맛있어 보이죠.)을 준비합니다. 결혼식 당일 음식을 먹은 손님들은 슬퍼서 모두 엉엉 웁니다.

이렇듯 특수한 능력을 갖게 된 그녀는 그 후로 같은 집에 사는 청년에게 음식을 통해 사랑을 전합니다. 그녀가 만든 음식을 먹으면 가슴이 두근거리고 관능을 억누를 수 없게 되죠.

역사의 질곡을 겪으면서 두 사람은 몇십 년에 걸쳐 사랑을 키워 나가는데 그 사이 그녀는 정신병을 앓고, 그러다 새로운 사랑을 만나기도 하고. 죽은 어머니의 유령이 나타나는가 하면 저주도 있고, 전쟁, 세대 교체, 아무튼 온갖 것이 대자연 속에 두루 섞인 그 세계관에 저는 큰 감명을 받았습니다.

꿈이죠.

인간이 태어나 살다가 죽는 과정에 드리운 달콤하면서도 엄격한 무언가의 그림자, 영상 전체에 그런 그림자가 잔잔히 어른거립니다.

청년에게 장미꽃다발을 받자 장미꽃으로 음식을 만들기 위해 메추리를 뒤쫓고는 감미롭게 미소 짓는 얼굴로 메추리의 목을 비트는 장면.

매일 밤 같은 지붕 아래서 같이 자는 청년과 언니를 상상하면 견딜 수 없어 뜨개질을 하는데 끝내 마음의 병을 앓아 집을 떠날 때 어깨에 걸친 그 블랭킷이 아름답게 펼쳐지며 뒤로 길게 끌려 몇십 미터나 되는 넓은 길을 뒤덮는 장면.

마침내 둘이 처음 맺어졌을 때 둘이 그 블랭킷에 감싸여 있는 장면, 어마어마한 질투와 분노를 삭이지 못하고 죽은 사람의 영혼이 어느 밤 격렬한 불길이 되어 마당을 비추는 장면.

모든 것이 관능적이었어요.

살아간다는 것은 이렇듯 에로틱합니다. 먹고 사랑을 나누고 죽는 삶과 대자연, 모든 것이 이렇게 대담하고 야만적이고 미적으로 혼재하고 있다는 생각이 강하게 다가왔습니다.

만약 내가 멕시코에서 태어나고 자랐다면 이런 소설을 썼을지도 모르겠네…… 하고 생각했어요. 그렇게 다이내믹한 점은 역시 흉내 낼 수 없는 것이니까요.

그리고 이 영화를 찍은 감독과 대담하는 기획이 있었는데 아쉽게도 일정이 맞지 않아 실현되지 않았습니다. 하지만 편지를 써서 꽃다발과 함께, 거기다 뻔뻔스럽게 제 책의 영어판까지 곁들여 보내면서 어필!

그게 통했는지 감독의 아내로부터 "당신의 소설을 읽고 남 얘기가 아니라는 생각이 들었어요." 하는 답장이

왔답니다.

먹는 것을 좋아하는 사람들끼리……는 아니고, 인생을 사랑하고 비슷한 감성을 지닌 사람들끼리는 국경을 뛰어넘을 수 있다는 생각이 들었네요. 등장인물 모두에게 공감할 수 있었고, 그 세계에 있는 동안 행복했으니까요.

그리고 이 영화처럼 불합리하고 거친 세상이지만 모든 관능을 충실하게 느끼면서 살아가고 싶다는 생각이 들었습니다.

나뭇결 꿈

며칠 전에 안젤름 키퍼(Anselm Kiefer)라는 독일인 아티스트의 전시회에 다녀왔습니다.

몇 가지 전시물을 보고는 어디선가 본 적이 있는데 하는 느낌이 들었지요.

작품 자체가 아니라 그 터치에서요.

특히 '날개 달린 책(Book with wings)'이라는 제목의 작품에서 책에 돋은 날개의 느낌이 '아, 맞네, 이건 하라 마스미 화백이 그리는 날개랑 비슷하네.' 하고 알게 되었어요.

하라 마스미 화백은 제가 존경하는 예술가이며 예술의 스승입니다. 저는 그의 모든 그림을 너무너무 좋아하는데 그 가운데에서도 그가 그린 '나뭇결'을 좋아합니다. 왜 좋아하는지는 모릅니다. 그가 그린 실내의 바닥과 벽 등의 나뭇결이 저를 다른 공간으로 데리고 가는 특별한 힘을 갖고 있는 것 같아요.

당연히 키퍼의 모든 작품이 하라 마스미 화백과 비슷하다는 말은 아닙니다. 성격도 전혀 다르고 화풍도 전혀 다르죠.

그러나 '음, 역시 비슷하네.' 하면서 다음 그림으로 걸음을 옮겼는데 역시 있더군요. 제가 사랑하는 나뭇결이.

저는 그 앞에서 한참이나 나뭇결을 바라보고 있었는데 하라 마스미 화백의 나뭇결을 볼 때와 똑같은 감정이 엄습했어요.

본인에게 전화를 걸어 자동 응답기에 그 감동을 남겼는데 화백은 바쁜 분이라(제 책의 일러스트도 그려야 하고 말이죠.) 이 전시회를 볼 수 있을지는 모르겠군요.

게다가 "비슷하다."라는 말을 들으면 기분이 좋을 리도 없을 텐데, 하고 생각하면서도 저는 화백이 이 전시회를 보길 바랐습니다.

그런데 문제는 다음과 같은 점입니다.

- 나뭇결이 정말 비슷한 터치인가?
본인도 그렇게 생각할까? 서로가?
두 아티스트가 서로의 작품에 호감을 느낄까?

- 만약 그렇지 않다면 내가 느낀 이 감정은 어디에서 온 것일까?
내게만 '나뭇결 애착'이 있고, 내 가슴이 멋대로 선택하고 수집하는 것일까?

- 만약 두 아티스트가 '비슷하다.'라고 생각했다 해도 그것이 내가 느낀 '누군가가 그린 공간의 나뭇결에 대한

사랑'과 같은 것일까? 같다면 이 세상 어딘가에 '그려져야 하는 이상적인 나뭇결의 공간' 같은 곳이 있을까?

멍하니 그런 생각을 하다 보니 역시 예술가로서의 이상이 떠오릅니다.

꿈이라고 해도 좋겠죠.

가능하면 우리 세 사람이 심안으로 보는 '나뭇결의 세계'가 같은 것이었으면 좋겠습니다. 그곳은 미로도 달리도 고흐도 간 적이 있으며, 미시마 유키오도 다니자키 준이치로도 저도 꿈꾼 적이 있죠. 각자가 '이상적인 나뭇결의 실내'를 그릴 때 생겨난 공간이 실제로 이 세계 어딘가에 있고, 그곳은 예술가가 만나는 진실 '그 자체'를 나타내는 차원이 다른 공간이고, 나뭇결은 물론 '여자'와 '바다'와 '녹음' 등 이 세상의 온갖 모티프가 있습니다.

그렇다면 정말 세계는 하나, 모두가 각자의 개성을 반영하고 갖가지 표현으로 그린 것이 실제로는 하나일 수도 있어 정말 아름답겠죠.

예술이란 문화 센터의 수강생부터 대작가에게 이르기까지 같은 것을 만나기 위해, 같은 실내에 가서 같은 나뭇결을 보기 위해, 그리고 그것을 자기 손으로 자기 세계로 다시 그려 내기 위해 있어도 좋지 않을까. 그런 생각을 했답니다.

잉게 씨

제 책의 이탈리아어판을 출간하는 출판사의 전 사장 잉게 씨는 무척 유명한 사람이라서 모두가 그녀를 알고 있습니다.

이미 할머니지만 언제나 오렌지색을 주조로 하는 화려한 옷에 초미니스커트 차림으로 차를 몰고 나타납니다. 젊은 시절에는 엄청난 미인이지 않았을까 합니다.

성격도 급하고 행동도 빠르고. 글자도 힘차게 휘날려 쓰는 탓에 팩스든 편지든 알아볼 수가 없습니다.

사장실에는 야외에서 목마를 타고 책을 쳐들고 있는

그녀의 남자 친구 사진이 걸려 있습니다. 거의 2미터 가까운 크기로 확대한 사진의 사변을 알전구가 빙 두르고 있죠. 잉게 씨가 "우리, 여기서 사진 찍어요!" 했을 때 저는 그 몬티 파이튼적인 상황에 놀라는 한편 '어쩌면 국경을 넘어서도 이렇게 나다운 출판사를 찾은 걸까?' 하는 감개를 느꼈습니다.

스칸노상 수상식 때문에 로마에 갔을 때 잉게 씨가 밀라노에서 달려와 주었습니다. 선물로 그녀의 스카프와 똑같은 오렌지색 에트로 백을 들고 보디라인이 드러나는 엄청 섹시한 차림으로.

수상식에서 트루먼 커포티를 좋아한다고 한 제게,

"친구였어."

하고 슬쩍 말하기에 얼마나 놀랐는지 모릅니다.

"그 사람, 여자를 싫어했지만 나와는 사이가 좋았거든. 뉴욕에 있는 그의 아파트에도 자주 놀러 갔어. 독설가라서 온갖 사람의 험담을 했지만 재미있었어."

자랑이 아니라 그냥 사실이라 아니꼬울 수도 없었어요.

"아르마니도 친구라서 나딘 고디머가 노벨상을 수상할 때 두 벌 만들어 줬어. 그리고 스톡홀름에 가서 그 옷을 입었는데, 경비가 얼마나 삼엄하던지."

하지를 않나.

"크리지아가 다음에 바나나 옷을 만들어 주겠다고 하던데."

'으헉, 정말요!'

전혀 나이가 느껴지지 않는 화사한 사람이라 왠지 모르지만 저는 무척 좋아합니다. 사람과 사람은 말이 통하지 않아도 뭔가가 통해서 좋아하게 된다는 것을 알 수 있었죠.

잉게 씨는 혼자서 말하고, 울고, 웃고, 화내고, 마치 활짝 핀 꽃 같은 인생의 불꽃을 그 자리에 남기고 언제나 훌쩍 가 버립니다.

언젠가 밀라노에서 "당신이 떠나기 전에 만나러 갈게!" 하더니 호텔로 달려왔을 때도 그랬죠.

호텔 로비에서 그녀가 샴페인을 터뜨려 주었어요.

아름다운 저녁 시간, 밀라노의 거리거리가 꿈처럼 어둠에 녹아들기 직전이었습니다.

"나는 이 시간에 언제나 샴페인을 마셔. 낮과 밤의 경계선에."

그녀는 그렇게 말했죠.

"그러면 에너지가 솟아오르거든."

그 말을 듣고 나서 샴페인이 이 세상에서 가장 아름다운 술이라고 생각하게 되었습니다.

그 인생과 호텔 로비의 샹들리에와 샴페인 잔의 반짝거림이 마치 꿈처럼 너무도 잘 어우러졌기 때문이죠.

나이를 먹는다는 것은 아름다운 추억이 쌓이는 것이기도 하네, 하고 생각했습니다.

이번에 라퀼라라는 작은 도시의 호텔에서도 잉게 씨가 저녁을 먹기 전에 샴페인을 터뜨렸습니다.

그러고는 벌떡 일어서는 바람에 잔이 쓰러졌는데 쏟아

진 샴페인을 손가락으로 찍어 "행운을 위해." 하며 모두의
볼에 묻혀 주었죠.

　그 모든 게 참 좋았어요.

파란 밤 다시

얼마 전에 처음 로마에 다녀왔습니다.

그런데 처음이라는 느낌이 들지 않았어요.

외국에 가면 '여기는 왠지 처음이라는 느낌이 안 드네.' 싶은 곳이 있습니다. 전생에 어쩌고…… 하는 게 아니라 처음이라는 느낌이 들지 않는 곳은 왠지 어색하고 불안하고, '드디어 여기에 왔어!' 하는 고양감도 크지 않아 사실은 좋지 않습니다.

좋은 점은 왠지 푸근한 느낌이 들어 편하게 늘어질 수 있다는 것.

그날 밤 우리 일행은 가장 긴장된 미팅을 끝내고 파김 치처럼 지친 상태였어요.

그런데 '끝났다!' 하는 해방감에 바로 헤어지기가 아쉬 워 바에서 계속 술을 홀짝거리고 있었죠. 거의 잠이 쏟아 질 즈음 로마의 아파트로 돌아가는 아미트라노 선생님을 주차장까지 배웅했습니다.

아미트라노 선생님은 제 작품의 이탈리아어판을 번역 하는 분으로 정말 취향이 잘 맞습니다. 아마도 제 작품 속에 흐르는 공기까지 번역해 주시지 않을까 싶은, 신뢰 할 수 있는 사람입니다.

"좀 산책하다 돌아가요!" 하는 우리에게 그는 "그럼 잠 시 드라이브를 하죠."라고 하더군요. 저와 우리 사무실의 D 씨, 통역하는 아레 씨는 "와, 선생님, 너무 좋아요!" 하 고 어린아이처럼 기뻐했습니다. 그리고 넷이서 차를 타고 출발했어요.

밤의 로마!

차창 너머로, 거기 사는 사람과 똑같은 눈높이로 바라

보는 로마는 기묘한 도시더군요.

과거가 망령이 아니라 정령으로 떠다녔어요.

빛에 싸인 유적과 성이 한밤중의 거리에 엄청난 힘을 발산하고 있었습니다. 그렇게 어마어마한 것이 아무렇지 않게 거리에 섞여 있었어요.

이런 곳에서는 사람들이 생각하는 방식도 다르겠네, 하고 생각했습니다.

우리는 마냥 즐거워 야단법석을 떨었죠.

이탈리아 남성 둘이 이탈리아어 노래를 불러 주었어요. 노래하는 목소리가 밤의 거리를 수놓으며 흘렀어요.

"옆에서 달리는 차의 사람들은 우리를 이탈리아 남자에게 걸려든 멍청한 일본인 관광객이라고 여기겠지." 하는 농담까지 했죠. 그러다 밤중의 바티칸에 돌입했을 때는 그 장소의 스케일에 놀라 뭐라 말이 나오지 않았습니다.

그런 것을 인간이 만들었다니 믿기지가 않았어요.

제 눈과 몸의 길이와 크기 감각이 어떻게 된 게 아닐까 싶을 정도였습니다.

강가의 길은 영화처럼 아름답고, 사람들은 어두운 밤 속을 조용히 오가고.

성은 거대하게 솟아 있고, 하늘은 떨어져 내릴 것처럼 캄캄하고.

너무도 아름다운 것을 보아 머리가 얼얼해진 저는 '이 밤의 느낌을 어디선가 본 적이 있는데.' 하고 생각했지요. 이 휑하고 캄캄하고 고독한데 어딘가 모르게 들뜬 느낌.

하라 마스미 화백의 명곡 「파란 밤」의 밤이었습니다.

그 남자, 로마에 가 본 적도 없으면서 어떻게……. 그런 생각은 할 필요도 없죠.

예술가가 그리는 것은 모든 밤, 언젠가의 밤, 앞으로 찾아올 밤, 꿈에서 본, 그리고 멀리 있는 다른 나라를 감싸고 있는 밤의 냄새니까요.

저는 그 곡을 좋아해서 전에도 에세이에 쓴 적이 있습니다. 하지만 그때는 로마에서 언젠가 자신이 그 노래 속 밤을 만나게 될 줄은 상상도 못 했지요.

신비한 체험이었습니다.

제 안에 아름다움을 담은 서랍이 늘어 가고 새로운 아름다움이 알고 있던 아름다움과 하나둘 이어져 언젠가 저만의 한 우주가 탄생할 듯한 느낌이 들었습니다.

리조트의 바다

어느 아침 꿈을 꾸었습니다.

아름다운 꿈.

어딘가 아주아주 높은 방의 발코니에서 한 번도 본 적 없을 만큼 아름다운 바다를 내려다보는 장면에서 시작하는 꿈이었어요.

저녁에 가까운 오후의 빛이 만을 반짝반짝 비추고 있었죠. 물속까지 비친 빛이 동그라미를 그리며 찰랑찰랑 흔들리고 있습니다.

한없는 바다. 시야를 가리는 것은 아무것도 없습니다.

그 아름다운 색감이란. 투명한 파랑과 초록이 섞인 보석 같은 색이었어요. 그렇게 높은 곳에서도 바닷속 돌이 보였습니다.

파란 하늘과 갈매기.

기분은 최고, 앞으로 나쁜 일은 하나도 일어나지 않을 듯한 느낌이었습니다.

저 아래 만에서 남자 친구들이 물에 뛰어들며 노는 모습이 조그맣게 보입니다.

넓고 시원하고, 간접 조명으로 희붐한 방에서는 여자들이 목욕을 하고, 저녁 식사를 준비하고, 머리를 빗고, 저처럼 발코니에 나와 있고. 아마 남자들보다 한 발 앞서 바다에서 돌아온 것이겠죠.

아무튼 편안하고, 시간은 여유롭고.

다카노라는 이름의 여자가 저녁밥을 짓겠다고 하더니 무슨 영문인지 주먹밥이 수북이 담긴 커다란 접시를 들고 와 "저녁 준비 다 될 때까지 이거라도 먹고 있어요." 하며 웃습니다.

그때 제가 "저기, 이 시계 알람 어떻게 끄는지 모르겠어." 하면서 자명종(꿈속에서 그것은 어마어마하게 컸죠.)을 끄려고 합니다.

스위치를 눌러도, 건전지를 빼내도 알람음은 멈추지 않습니다. 뒷면의 뚜껑을 열고는 이러다 망가트리겠네…… 하고 생각하는 순간 잠에서 깨어나 현실 속의 자명종을 껐습니다.

그러니 꿈속에서 꿈의 시계의 건전지를 빼내 봐야 알람음은 멈출 리 없죠.

그래도 그 바다의 색감!

그 바람, 그 넓고 아름다운 방!

커다란 창문에 비친 하늘!

얼마나 아름답던지 한참이나 그 여운에 잠겨 있었습니다.

실제로 본 것과 다름없을 만큼 선명한 광경이었어요. 정말 아름다운 광경을 봐도 이삼일 지나면 꿈을 꾼 것만 같은 기분이니까요.

그곳이 일본이 아니었고, 휴가 때였고, 계절은 여름이라는 것, 그리고 섬이었다는 것은 알 수 있었습니다.

그리고 사무실로 나갔는데.

사무실 문을 열자마자 비서인 D 씨가

"저, 바다에 갔다 왔어요. 꿈속에서."

하는 게 아니겠어요.

"뭐? 정말? 나도 갔다 왔는데."

"아주 파랗고 아름다운 바다였어요. 바다 외에는 아무 것도 보이지 않고, 넓은 방에 있었어요. 다 같이, 저녁 같던데."

"호! 똑같네."

"너무 아름다워서 바로 얘기하고 싶어서 그만."

넓은 방에 있고, 바다를 보고 있다는 것이 둘이 똑같았습니다. 그리고 그 바다의 색감이 표현이 안 될 정도로 아름다웠다는 것. 바다가 주역이었습니다. 들으면 들을수록 같은 장소였어요.

그다음 비서 Y 씨가 출근을 했는데.

D는 다짜고짜 이렇게 물었어요.

"오늘 아침에 무슨 꿈 꿨어요?"

"음, 어떤 꿈이었더라."

기억을 더듬으면서 Y 씨가 대답했지요.

"물속에서 헤엄치는 꿈이었는데. 음, 코트다쥐르 비슷한 곳에서."

우리는 놀라서 그녀의 꿈 얘기를 들었죠.

아무래도 셋이 모두 같은 장소에 있었던 것 같습니다.

뭐였을까요?

기온이 오르지 않아 시원한 여름, 바다가 싸늘하고 탁해서 슬펐던 우리가 동시에 꿈꾼 리조트였을까요. 제 꿈속에도 두 사람은 물론 있었고, 함께했던 이들 역시 모두가 잘 아는 사람들이었어요.

그렇게 아름다운 세계라면 다 같이 리조트에 또 가고 싶네요.

꿈에 대하여

열이 오를 때 꾸는 꿈

며칠 전 심한 감기에 걸려 끙끙거리며 잠을 자다가 이런 꿈을 꾸었습니다.

"줄 테니까 잘 키워 봐." 하면서 친구가 햄스터 두 마리를 주었습니다. 새장처럼 생긴 바구니에 담아서요. 모이통에는 모이가 수북하고, 물그릇에도 물이 찰랑찰랑 담겨 있었어요.

'어쩌지.' 하면서도 그녀가 아주 자연스럽게 주었기 때문에 '한번 키워 보지 뭐.' 하고 별 부담 없이 받아 들고 집에 돌아왔는데, 웬걸 꿈속에서도 저는 심한 감기에 걸려서 열이 올라 일어나지도 못하게 됩니다.

열에 시달리면서 '아, 물이랑 모이를 줘야 하는데…….' 하고 생각은 하지만 결국 사흘이나 누워서 꼼짝을 하지 못합니다. 겨우 일어나 바구니를 들여다보니 안에는 신문지를 찢어 만든 둥지 같은 것들만 가득하고 물은 거의 바닥, 모이는 똥과 뒤섞여 널려 있었습니다.

"미안해, 미안해. 금방 깨끗이 치워 줄게."

바구니를 뒤져 햄스터를 찾는데 뭔지 모를 소리가 "뀨, 뀨." 하고 들립니다.

설마…… 하면서 신문지를 파헤쳐 햄스터 두 마리 발견. 그리고 암컷 햄스터 배 밑에서 분홍색 아기 햄스터 네 마리가 꼬물거리며 "뀨, 뀨." 울고 있지 않겠어요.

아, 이러다 금방 늘어나겠네…… 싶어 망연해하며 '기하급수적'이라는 단어를 생각하는 참에 잠이 깨었습니다.

감기는 여전히 심했지만 웃음이 나오더군요. 실은 제가 몇 번이나 경험했던 상황이거든요.

초등학생 시절 동물을 좋아하는 언니가 온갖 동물을 키웠어요.

햄스터, 녀석들은 귀여워 보이지만 뭘 하는지 정말 알 수 없어요. 잠시 눈을 떼었다 싶으면 우리에 깔린 신문지를 잘근잘근 잘라서 둥지를 만들고, 그 안에서 서로 잡아먹는가 하면 새끼를 낳기도 하죠. 갖가지 끔찍한 일을 벌입니다.

어린 마음에도 '열어 보지 않고 가만히 두면 출산도 죽음도 벌어지는' 바구니 안은 공포의 대상이었겠죠. 그런데, 그런 일이 있었다는 것조차 까맣게 잊었는데, 무의식의 어둠 속에서 '분주함과 게으름'의 상징으로 햄스터가 부상하다니 놀라울 따름입니다.

예전에 만화가 오시마 유미코 씨가 어느 글에서 열이 있을 때는 뾰족뾰족한 선이 잔뜩 나오는 꿈을 꾼다고 쓴 적이 있습니다. 저의 연인은 열이 오를 때면 언제나 엘리베이터를 탔다가 내리고 또 타지만 가려는 층에 절대 도착하지 못하는 꿈을 꾼다고 합니다.

저는 그런 꿈은 꾸지 않았지만 앞으로 열이 날 때마다 햄스터 꿈을 꾸게 되면 싫겠다 싶군요.

열과 꾸고 싶지 않은 꿈의 최고봉은 사이판에서 체험했습니다.

저는 영감이 발달한 편이 아닌데 사이판에서 별 이유 없이 몸이 찌뿌듯하고 감기도 아니면서 종일 열이 난 적이 있습니다.

그리고 꿈을 꾸었죠. 꿈속에서 저는 청룡 열차처럼 오르락내리락하고 서로 교차하는 미로에 있습니다. 도중에 적과 마주치면 살해당하거나 포로가 된다는 것을 알고 있습니다. 그럼에도 앞으로 나아가지만 반드시 붙잡혀 이상한 바구니에 담겨 물가에 매달리거나 얻어맞아 죽습니다.

그런데 한번 죽으면 그만이 아니라 다시 살아나 미로의 입구로 돌아갑니다. 이게 너무 괴로웠어요. 그러고는 몇 번이나 죽고, 몇 번이나 붙잡히고…… '여기가 지옥이네!' 하고 생각했더니 꿈속에 친구가 등장해 "이쪽에 빠져나가는 길이 있어!" 하며 손짓합니다. 그래서 안도하며 눈

　　　　　　　　　　　　　　꿈에 대하여

을 떴어요.

그렇게 잠에서 깨어난 사이판에서의 새벽. 그런데 방 안에서 뭔지 모를 소리가 나는 거예요. 자글자글, 와글와글, 사람이 아주 많은 것처럼 말이에요. 아무리 생각해도 들릴 리 없는 소리가 들렸습니다. 게다가 옆 침대에서 쿨쿨 자던 아이가 가위에 눌렸는지 "윽, 으윽." 하고 몹시 괴롭게 신음합니다.

저는 너무 무서워 아스피린을 한 알 더 먹고 옆 침대에 들어가 눈을 감았죠.

그 꿈, 전쟁에서 죽은 사람들이 그들이 있는 지옥 같은 정신 상태를 호소했던 게 아닐까, 하고 생각합니다.

죽었지만 저세상으로 가지 못하는 것은 정말 끔찍한 일입니다. 명복을 빕니다.

타임머신! 부탁할게

저는 영아에서 유아기에 걸쳐 눈이 무척 나빴습니다. 그래서 언제나 안대를 하고 있었죠. 나쁜 쪽 눈에만 안대를 하고 있을 때는 한쪽은 보여서 그나마 괜찮은데 훈련 때문에 그나마 보이는 좋은 쪽 눈에 안대를 하면 세상이 거의 암흑, 실명한 상태와 다르지 않았습니다.

그래서 좋은 쪽 눈에 안대를 해야 할 경우, 그 전에 하고 싶은 것을 해야 한다고 생각할 때면 언제나 『유령 Q타로』를 탐독했지요.

얼마나 필사적이었던지 사막에서 헤매던 사람이 며칠

만에 오아시스를 발견하고는 물을 바닥까지 다 마셔 버릴 듯 벌컥거리는 격이었어요.

세 살이 되어 겨우 글자를 읽기 시작했지만 만화는 완전히 이해할 수 있었습니다. 그래서 일곱 살 많은 언니가 아톰과 첫사랑에 빠졌을 때 저의 첫사랑은 도론파가 되었던 것이죠.

아톰은 아톰이 로봇이라 생기는 슬픈 얘기가 많아 안대를 한 어둠의 세계에서 만나기에는 너무 서글펐어요. 인간과 인간이 아닌 것이 함께 사는 허망함이 꽤 현실적으로 그려져 있기 때문입니다. 지금은 거기에서 진실의 무게를 찾아낼 수 있지만 그때의 애처로운 제가 의지할 수 있는 것은 가족의 사랑과 공상 속의 친구뿐이었기 때문에 너무 무거웠어요.

그래서 저는 혼자 있는 시간, 앞이 잘 보이지 않는 시간을 오로지 후지하라 월드의 재미난 친구들과 함께 지냈습니다. 그 다른 세계에 죽음이나 사명은 없고 일상과 일상 속의 비일상(Q가 동네를 아무렇지 않게 걸어 다니는 것만 해도 신기한데 그런 이상한 일은 의외로 쉽게 받아들여지더군요. 정말.)이 그려질 뿐인데, 그런 일상과 비일상에서 진실을 감지했던 것이겠죠. 그 후로는 갓 태어난 오리가 처음 본 인간을 따르듯 저는 후지코 월드와 함께 성장했습니다.

그래서 제 작품에는 그 영향이 현저하게 보이죠.

일상 속에서 생기는 불가사의한 사건, 이야기 속에만 존재하는 세계관, 허망한 성(性), 강한 가족 의식…… 얼마든지 꼽을 수 있습니다.

저는 옛날부터 좀 이상하고 색다르지만 인간성이 감지되는 것을 좋아했는데, 그 또한 서로 다른 종과 자연스럽게 지내는 후지코 월드 사람들에게 뿌리가 있습니다.

그러니 제게 후지코 선생님은 저를 형성한 신의 하나입니다.

그런 선생님을 만날 날이 올 줄은 꿈에도 몰랐어요.

얼마 전에 대담을 했거든요! 후지코 F. 선생님과.

너무 기뻐서 죽는 줄 알았습니다. 게다가 제가 쓴 작품도 읽어 주셨더라고요! 칭찬까지 해 주셨답니다!

그런 일이 있으리라고는 생각지도 못했습니다. 정말 신기한 일이죠.

인생의 신비로움을 느꼈습니다.

정말이지 저의 어린 시절을 용서할 수 있겠다고 생각했어요. 계속 쓰다 보니 이런 선물도 받게 되네요.

살면서 '정말 절망적이네, 이제 끝인가 봐.' 하고 생각했던 적이 몇 번 있습니다. 작은 일에서 큰일까지, 실질적인 일에서 정신적인 일까지. 그런 때도 마음에 밝은 점이 아련하게 하나 있고, 그 점이 당당하게 "괜찮아." 하고 말해 주었습니다. 그렇게 그 상황을 몇 번이나 이겨냈죠.

미래는 알 수 없으니 그렇다고 생각해 왔어요. 가능성과 저의 낙관적인 성격이 그렇게 만드는 것이라고요.

그런데 이번에 어쩌면 그런 게 아니라 미래의 제가 지금의 저에게 "그럭저럭 이겨 내서 지금 무사히 이렇게 있잖아, 힘내." 하는 메시지를 보내고 있는 게 아닐까 하는 생각을 하게 되었습니다. 친구 중에 이런 말을 자주 하는 사람이 있어서 감화된 것인지도 모르지만, 아무튼 '아, 세 살 때의 나를 찾아가 지금은 괴롭고 아무 재미도 없어서 자기를 내던지고 싶을지 모르지만, 어른이 되면 소설을 쓰고, 그 소설을 Q의 작가가 읽고 칭찬해 주게 돼, 하고 말해 주고 싶다!'라고 간절하게 생각했습니다.

이렇게 간절하면 세 살 때의 내게 닿지 않을까 생각했어요. 만약 『기테레츠 대백과』나 『도라에몽』에 등장하는 타임머신처럼 편리한 도구가 있다면 당장 타고 날아가서 그렇게 말하겠지요. 그러면 그 작고 어린 나는 너무 기뻐서 훈련도 힘들지 않게 여기겠지요.

하지만 그럴 수 없으니 이 생각은 과거의 제게 그저 밝은 한 점으로, 아련하지만 확실한 한 점으로 느껴지는 것이겠지요.

또 지금의 제게 힘을 보내고 있는 미래의 제가 반드시 존재할 것이란 뜻이기도 하니 마음 든든한 일 아닐까요.

게이오선이 달리는 어느 동네에서

어느 밤 그날 있었던 일과 조금도 관련 없는 기묘한 꿈을 꾸었습니다.

저와 저의 연인은 친구 부부의 친구가 '막 이사한 집'이라는 곳에 놀러 가게 되었습니다.

친구 부부는 '모르는 사람들'이었지만 꿈속에서는 친구였습니다.

우리는 집에서 꽤 먼 어느 역에서 만나 친구 부부의 친구 집으로 향했습니다.

건널목을 지나고, 소박한 상점가 안의 큰길을 똑바로

걸어갑니다. 왼쪽에 대형 슈퍼마켓이 있어요.

저는 잘 몰랐는데 건널목에서 본 전철은 하얀 바탕에 빨간 선이 있었으니 게이오선이라고 하네요.

큰길에서 작은 길로 접어들어 오가는 사람도 줄었을 즈음, 그 아파트에 도착했습니다. 왼쪽 골목으로 들어선 곳에 있는, 반짝거리고 튼튼하고 거대한 아파트였습니다.

친구 부부의 친구가 우리를 맞아 줍니다.

그는 혼자서 살고, 얼굴은 약간 길쭉하고 단정하게 생겼습니다. 호리호리하고 어딘지 모르게 가련하고 청바지에 남방셔츠와 니트 조끼를 입고 있어 칠십 대 같은 인상입니다.

그러고 보니 친구 부부도 1970년대의 '보통 사람' 옷차림입니다.

아파트에는 널찍한 다다미방이 있고, 재즈 레코드가 무척 많고, 웅장한 오디오 시스템도 있습니다. 그리고 부엌은 바로 개조되어 있었어요.

그곳은 조명도 어둡고, 카운터 너머에는 천장까지 닿는

선반에 전 세계의 술이 정말 바인 것처럼 죽 진열되어 있습니다.

옥에 티는 카운터 바로 앞에 있는 조그맣고 하얀 냉장고, 그 냉장고 때문에 '홈 바' 같은 분위기, 나머지는 완벽하게 바 같습니다.

"어떻게든 바를 하고 싶었는데 그럴 수가 없어서 우리 집에 오는 사람들에게는 바에 있는 듯한 느낌으로 대접하고 싶었습니다. 리모델링에 돈이 들었지만 이렇게 해 놓으니 좋군요. 칵테일이든 뭐든 만들어 드릴 수 있어요."

카운터 안쪽에서 그가 행복한 표정으로 자랑했습니다.

"우선은 맥주를 줘. 안주도. 칵테일과 위스키는 그다음이야."

친구 부부 중 남편이 그렇게 말했습니다.

"아뿔싸, 맥주를 사 놓지 않았군. 이사를 막 해서 냉장고가 텅 비었어."

친구 부부의 친구가 그렇게 말해 나머지 사람들은 "술이 이렇게 많은데." 하면서 웃었지요.

"그럼 우리가 나가서 사 올게. 오는 길에 보니 대형 슈퍼마켓이 있던데."

저와 연인은 그렇게 말하고 아파트에서 나왔습니다.

그리고 역 앞에 있는 슈퍼마켓에 가서 감자칩과 오징어포와 맥주를 잔뜩 샀습니다.

혼자 사는 친구 부부의 친구 집에서 파티를 하는 기분입니다.

그리고 그 아파트가 있는 골목길로 들어섰는데 없어요. 아파트가 없습니다.

있는 것은 다 쓰러져 가는 단독주택.

몇십 년 동안이나 아무도 살지 않은 분위기였어요.

왜? 조금 전까지 아파트가 있었잖아, 하면서 당황해 어쩔 줄을 몰랐습니다. 그리고 아무튼 들어가 보기로 하고, 다 무너져 가는 낡은 집으로 들어갔어요.

부서지고 무너진 계단, 잡초가 돋은 다다미, 곰팡이와 먼지 냄새로 숨이 막힐 듯한 폐옥.

"그래, 부엌이야! 부엌에 가 보자."

꿈에 대하여

제가 말했습니다.

1층에서 부엌인 듯한 곳의 삐걱거리는 유리문을 열어 보니 그곳에는 역시 천장까지 닿는 선반이 있고, 오래된 빈 병이 죽 놓여 있었습니다.

그리고 그 선반 앞에 있는 의자에 세월이 한참 흐른 듯한 백골이 앉아 있습니다. 백골은 셔츠와 니트 조끼와 청바지를 입고 있습니다.

이상하게 무섭지는 않았어요. 우리는 "이 사람 정말 바를 하고 싶었나 보네." 하고 진지하게 말합니다.

뭐죠? 이 꿈. 누구죠? 그 사람들. 혹시 게이오선 연변 어딘가에(느낌으로는 후추보다 좀 시골이었어요.) 꿈을 이루지 못하고 죽은 청년이 있었는지도 모르겠군요.

무섭습니다.

어느 남자 꿈

인도에 다녀왔습니다.

인도에 대해서는 여러 가지로 생각이 복잡합니다. 인도라는 나라가 지닌 '코드'는 저의 가장 원점이며 또 가장 외면하고 싶은 '무언가'였기 때문에 상당히 힘겨웠습니다.

그것은 간단히 말하면 공성(空性)이나 무정이라 불리는 것이고, 성인이 유난히 많은 풍토 탓도 있겠다고 생각했습니다.

지금까지 취재를 위해 여러 사람과 장소를 찾아 다녔는데, 누구든 조금이라도 거짓 웃음을 보이거나 조금이라도 무언가에 세뇌되어 있으면 기타로의 요괴 안테나 같은 '나의 성가신 안테나'가 작동해 표면적으로는 예의를 차려 대해도 두 번 다시 마음을 허락하지 않게 됩니다.

아무리 미심쩍은 사람들이라도 그 사람들이 진심으로 즐거워하고 행복을 느끼고 여유가 있다면 저의 안테나는 작동하지 않습니다.

이는 직감이라는 말로밖에 표현할 수 없는데요. 이런 직감으로 저는 아슬아슬한 장면에서 몇 번이나 살아났습니다.

그런 제 마음이 유일하게 움직인 곳은 푸네에 있는 OSHO 마을이었습니다. 라즈니시라는 인도 사람(훗날 오쇼로 개명)이 그의 사상에 공명하는 사람들을 모아 만든 세계죠.

그 마을을 찾은 저는 '도원경'이라는 말이 정말 눈앞에 펼쳐지는 것을 느꼈습니다.

드넓은 부지는 푸른 나무로 풍성하고, 개울이 흐르고,

오솔길에서는 공작이 걸어 다닙니다. 인도에서는 쉽게 얻을 수 없는 청결한 물이 있고, 채소를 직접 경작합니다.

전 세계 갖가지 국적의 사람들이 모두 붉은색 로브를 걸치고, 호화로운 카페에서 차를 마시고 식사를 하고, 서점에서 책을 사고, 좋아하는 스포츠를 즐기고, 동양 의학과 명상 강의를 듣고, 듣고 싶지 않을 때는 듣지 않고, 넓은 수영장에서 수영하고, 산책하고, 잠을 자고, 바에서 술을 마시고, 춤추는 등 마음 내키는 대로 생활합니다.

견학하러 온 사람도 에이즈 검사에 통과하면 자유롭게 지낼 수 있습니다. 배타적인 부분은 전혀 없습니다.

저는 취재를 위해 방문했기 때문에 간부라는 사람들과 함께 지냈는데 그들은 경계심도 없고 무언가를 숨기는 눈치도 없는 인간다운 사람들이었습니다.

그런데 저보다 나이가 많아 일본이었다면 '아줌마' 소리를 들을 일본 사람들이 상당히 유연하고 밝고 지적이고 명석하고 세뇌된 면이 전혀 없고 각자의 개성을 마음껏 발휘하고 있어 정말 놀랐습니다.

남자든 여자든, 어느 나라 사람이든 희로애락의 표현에 종교 특유의 모난 구석이나 공허한 부분 없이 너무도 자연스러웠습니다.

해 저물녘 인도의 그 멋진 저녁 햇빛을 받으면서 7시에 시작하는 공개적인 명상을 준비하기 위해 모두가 붉은 색 로브를 벗고 흰색으로 갈아입습니다.

하얀색이 여기저기 흩뿌려진 평온하고 아름다운 저녁 풍경, 다양한 나라 사람들의 웃는 얼굴.

여유란 정말 멋진 것입니다.

오쇼는 돈을 흥청망청 쓰고 호화로운 집에서 산다고 비판받은 사람이지만 신자들 또한 쾌적하게 생활할 수 있도록 했다는 점을 언급한 책은 많지 않습니다. 인간의 성은 쾌적함 속에서만 육성되는 멋진 것입니다. 그곳에는 국경과 빈곤과 병이 없는 대신 행복한 저녁의 꿈이 있었습니다.

저는 작가이며 어린아이가 아니기 때문에 그곳에 꿈만 있지는 않다는 것쯤 잘 압니다. 그렇게 많은 사람이 있는 곳이니까요.

그리고 아무리 멋진 곳이어도 저는 신자가 되지 않고, 평생 작가로 살 테니까요. 제가 아닌 것에 속할 수는 없습니다.

다만 그 장소에는 뭐라 말할 수 없이 그리운, 어린 시절의 저녁나절 같은 것이 있었습니다.

그리고 제가 만난 사람들은 진심으로 오쇼를 사랑하고 있었습니다. 그것은 광기 어린 정열이 아니라 고요하고 강하고 아플 정도로 깊은 사랑이었습니다.

저는 오쇼의 서재와 묘소가 있는 방도 보았습니다. 책장을 보면 그 사람을 알 수 있습니다. 거기에는 지성과 광기가 공존하는, 한 멋진 예술가의 흔적이 있었습니다.

묘소 앞에서 두 손을 모으고 '어흑, 당했어!' 하는 느낌으로 가득했습니다.

제가 소설에서 얘기하고 싶은 것, 그 그리운 꿈의 세계를 한 남자가 현실이라는 커다란 원고지에 수많은 사람과 공간을 실제로 사용해서 그려 놓았으니까요.

그는 죽을 때 '내 꿈을 그대들에게 남기고 가노라.'라고 했다고 합니다.

나이 든 게이여, 어디로 가려나

아직도 기억에 새로운데(?) 저는 『키친』이라는 소설에 어머니의 모습을 한 아버지를 그려 화제를 모은 적이 있습니다.

그 소설을 쓸 당시에는 '시어머니'의 패러디 정도로만 생각했지 그런 사람들에게 특별한 관심이 있는 것은 아니었어요. 그리고 그 인물은 게이가 아니라 그저 여장한 사람이었습니다.

그런데 저는 세상으로 나가자 바로 게이 친구가 생겼습니다. 고이데 씨예요.

그는 게이 특유의 '여자에 낯을 가리는' 시기가 지나자 아주 착하고 친절한 사람이 되었습니다. 그리고 제게 게이의 세계에 대해 여러 가지로 가르쳐 주었죠. 고이데 씨는 다카다노바바에서 가게를 했습니다. 기본적으로는 여자처럼 말하는데 상황이 좋지 않을 때면 "농담해! 난 그런 거 싫다고!" 하며 갑자기 남자로 변신하는 게 귀여운 아저씨였습니다.

가장 지치고 힘들었던 시절, 저는 그 가게에 자주 드나들었습니다. 밤낮을 가리지 않고 신경이 곤두서 있었어요. 애정에 굶주렸던 거겠죠.

그 가게는 마치 무슨 동굴 같고, 다소 소녀 취향이고, 시대에 뒤떨어진 느낌이고, 카운터의 유리판 밑에는 알록달록한 갖가지 유리구슬이 빼곡하게 장식되어 있었습니다.

주문하면 나오는 음식은 하나같이 투박했습니다. 카레 우동, 각종 조림, 달걀말이 등 '아버지의 수제 요리' 같은 느낌이었죠.

그 세계에는 뭐라 말할 수 없이 그립고 제 마음을 어루만지는 무언가가 있었어요.

고이데 씨는 제 남자 친구들에게 진한 입맞춤을 하는 등 열거하자면 끝이 없으리만큼 거친 행동도 많이 했지만 그래도 저는 그를 무척 좋아했어요.

그런 고이데 씨가 11월에 죽었습니다.

제가 마지막 갔던 때가 9월. 그는 몰라보게 야위고, 안색도 좋지 않고, 술밖에 먹지 않는지 걸음걸이는 휘청휘청, 가게를 팔고 술만 마시며 살고 싶다는 말만 주절거렸습니다.

저는 솔직히 '오늘이 마지막으로 만나는 날일지도 모르겠네.' 하고 생각했어요. 그 사람이 죽음에 물들어 가고 있다면 아무도 막을 수 없습니다.

그리고 그 전에도 몇 번이나 들었던 '야마노테선에서 치한 짓을 했을 때의 일', '신오쿠보에 있는 게이 사우나에서 여러 명이 뒤섞여 잤을 때의 체험' 등을 다시 들려주었습니다. 그때 어떤 멋진 남자가 내 아파트까지 따라왔는데 나는 정종을 좋아하니까 사다 달라고 해서 서둘러 사러 나갔다가 돌아와 보니 집이 텅 비어 있었다는 얘기였죠. 그 얘기를 들으면 저는 언제나 그가 짠해지는데 고이데 씨는 "방이 너저분해서 그랬을 거야." 하고 신경 쓰지 않는다는 듯이 말했습니다. 그러고는 애잔하게 이런 말도 했지요.

"딱히 상관없어, 어른이잖아. 그래도 도망칠 것까지는 없었는데."

저는 지금도 '그 자식, 용서 못해!' 하고 생각합니다. 고이데 씨는 평생 그 기억에 마음 아파했으니까요.

그리고 그가 "내 반생을 책으로 쓰게 되면 해설 같은 거 써 줄 거야? 띠지 말도." 해서 저는 좋다고 대답했어요. 제목은 이미 정해 놓았다고 하더군요.

'나이 든 게이여, 어디로 가려나.'라고 합니다.

쓰이지 않은 자서전의 제목입니다.

가고 싶으면 언제든 갈 수 있고, 몇 년을 가지 않다가도 다시 찾으면 만날 수 있는 것이 가게입니다.

그런 것이 없어졌을 때의 공허함, 모든 것이 꿈만 같습니다. 오늘도 고이데 씨는 가게에 있을 것만 같은 기분입니다. 가게 안도 하나하나 그릴 수 있습니다. 그런데 이제 이 세상에 없다니 정말 거짓말 같습니다.

두 가지 좋았던 일이 있습니다. 한 가지는 마지막 갔을 때의 일입니다. 저는 그의 가게에서 전도유망한 한 젊은이에게 힘내라는 내용의 전화를 걸려고 했는데 그의 모습을 보고는 차마 걸 수 없었어요. 그렇게 가혹한 일을 하지 않았던 것은 현명한 판단이었다고 생각합니다. 만약 했다면 반드시 후회했겠죠.

또 한 가지는 그때의 동행이 그날 후에 한 번 더 갔을 때(원래 그 동행의 단골 가게였어요. 그리고 그때가 마지막 방문이 되었습니다.)의 일입니다. "고이데 씨, 가게에서 죽음의 냄새가 나는데." 했더니 고이데 씨가 "그럴 리가요!"라고 말했다고 합니다.

그 말을 듣고 저는 동행이 참 대단한 사람이라고, 그리고 고이데 씨도 대단한 사람이라고 생각했습니다. 이 허전한 마음을 꽃으로 꾸미는 듯한 좋은 일화입니다.

옮긴이 김난주

1987년 쇼와 여자대학에서 일본 근대 문학 석사 학위를 취득했고, 이후 오오쓰마
여자대학과 도쿄 대학에서 일본 근대 문학을 연구했다. 현재 대표적인 일본 문학
전문 번역가로 활동하며 다수의 일본 문학을 번역했다.
옮긴 책으로 무라카미 하루키의『태엽 감는 새 연대기』,『세계의 끝과 하드보일드
원더랜드』와 요시모토 바나나의『키친』,『하드보일드 하드럭』,『막다른 골목의
추억』,『서커스 나이트』,『주주』,『새들』,『시모키타자와에 대하여』등과
『겐지 이야기』,『모래의 여자』,『기린의 날개』,『천공의 벌』등이 있다.

꿈에 대하여

1판 1쇄 펴냄 2024년 5월 31일
1판 2쇄 펴냄 2024년 11월 8일

지은이 요시모토 바나나
옮긴이 김난주
발행인 박근섭, 박상준
펴낸곳 (주)민음사

출판등록   1966. 5. 19. 제16-490호
주소   서울특별시 강남구 도산대로1길 62(신사동)
            강남출판문화센터 5층 (우편번호 06027)
대표전화   02-515-2000 | 팩시밀리 02-515-2007
홈페이지   www.minumsa.com

ISBN 978-89-374-5672-5 03830

* 잘못 만들어진 책은 구입처에서 교환해 드립니다.